마음을 다스리는 글

홍석연 엮음

아이북스

❏ 365일 독자와 함께 지식을 공유하고 희망을 열어가겠습니다.
❏ 지혜와 풍요로운 삶의 지수를 높이는 아인북스가 되겠습니다.

마음을 다스리는 글 **공감**

초판 1쇄 인쇄 2017년 07월 03일
초판 1쇄 발행 2017년 07월 24일

엮 은 이 | 홍석연
펴 낸 이 | 김지숙
펴 낸 곳 | 아인북스
등록번호 | 제 2014-000010호
주　　소 | 서울시 금천구 가산디지털2로 98
　　　　　　　(가산동 롯데 IT캐슬) B208호
전　　화 | 02-868-3018
팩　　스 | 02-868-3019
메　　일 | bookakdma@naver.com

I S B N | **978-89-91042-71-1 (03810)**
값 12,000원

*잘못 만들어진 책은 바꾸어 드립니다.

이 도서의 국립중앙도서관 출판도서목록(CIP)은 서지정보유통지원시스템 홈페이지(http://seoji.nl.go.kr)와 국
가자료공동목록시스템(http://www.nl.go.kr/kolisnet)에서 이용하실 수 있습니다.
(CIP제어번호: CIP2017012100)

마음을 다스리는 글

홍석연 엮음

아이북스

chapter 0

행복한 글 — 이 책을 엮으면서

| 홍석연

성공한 사람은 구름 위의 태양을 보고
실패한 사람은 구름 속의 비를 본다.

성공한 사람의 주머니 속에는 꿈이 있고
실패한 사람의 주머니 속에는 욕심이 있다.

모두들 세상살이가 어렵고 힘들다고 말합니다.

새벽부터 밤늦게까지 삶의 터전에서 잠시도 자기 자신을 돌볼 수 없고 쉴 시간조차 빼앗긴 채 일상의 울타리에 갇힌 우리의 삶, 때로는 채색되지 않은 꿈의 조각들 때문에 비틀거리는 시간들, 가난을 넝마 줍듯 주워 불행의 저울에 달아서 팔아버린 눈금 없는 일상들, 이처럼 힘들고 각박하다고 생각하는 그 마음이 더 각박한 세상을 만드는지도 모릅니다. 그래서 세상은 인생의 거울이라고도 합니다.

이 작은 책에는 따뜻한 마음을 가진 사람들, 따뜻한 마음을 가지는 법을 배우려는 사람들의 이야기와 꿈과 행복을 찾아가는 삶의 길목에서 만나는 지혜가 담겨 있습니다. 때문에 이 책은 그 지혜의 삶이 되게 엮었습니다.

 이 책은 처음부터 차례대로 읽지 않아도 됩니다. 차례와 번호는 편집의 편의상 붙인 것일 뿐 큰 의미는 없습니다. 손 가는 대로 마음 가는 대로 어느 곳이든 펼치면 가슴을 울리는 따뜻하고 행복한 글들이 기다리고 있습니다. 150개의 짧은 글들이 지혜의 꽃으로 피어 삶의 텃밭을 풍요롭게 할 것입니다.

盛夏의 여름을 맞이하며

엮은이 씀

chapter 1
행복

♣ 자기 일을 찾아낸 사람은 행복하다. 그로 하여금 다른 행복을 찾게 하지 말라. 그에게는 일이 있으며 인생의 목적이 있는 것이다. ── 칼라일

행복의 시작

세상 사람들의 마음은 온갖 번뇌와 망상으로 얼룩져 있어 마치 큰 파도와 같다. 물결이 출렁일 때마다 사람들의 몸과 마음도 출렁거려 어떤 사물도 제대로 보지 못한다.

그러나 마음속에서 일고 있는 물결이 잠잠해지면 모든 사물이 제 모습을 나타낸다. 연못이 바람 한 점 없이 고요하면 물밑까지 훤히 보이는 것처럼.

사람은 작은 일에도 마음이 흔들린다. 흔들리는 마음을 억제하기란 쉽지 않다. 그러나 지혜로운 사람은 이를 바로잡는다. 마음을 바로잡는 일이 행복의 시작이다.

마음은 보기도 어렵고 미묘하나 지혜 있는 사람은 이를 잘 다스린다. 마음을 잘 다스리는 사람은 안락한 삶을 살아간다. 활짝 열린 마음에는 어떤 티끌도 없다. 마음이 활짝 열려야 세상을 바로 볼 수 있다.

최상의 행복

어리석은 사람과 가까이 하지 말고
슬기로운 사람과 항상 가까이 지내라.
그런 존경할 만한 사람을 섬겨라.
이것이 최상의 행복이다.

언제나 자신의 분수를 지키며 선행을 쌓아라.
그리고 부모를 효로 섬기고
아내와 자식을 사랑하고
올바른 생업에 정진하라.
이것이 최상의 행복이다.

다른 사람을 존중하고 스스로 겸손하며,
모든 것에 만족할 줄 알고.

반드시 은혜를 생각하며
시간이 있을 때 가르침을 들어라.
이것이 최상의 행복이다.

디오게네스

03

고대 그리스에는 디오게네스라는 철학자가 몇 있었는데, 그 중 시노페의 디오게네스는 기인으로 유명했다.

이 디오게네스는 나무통 속에 살며 걸식해서 먹고 옷은 단 한 벌밖에 없었다고 한다. 그야말로 단벌신사, 아니, 단벌 거지였지만 어린아이가 손으로 물을 떠먹는 것을 보고는 '내가 쓸 데 없는 것을 가지고 다녔구나.' 하면서 하나뿐인 밥그릇마저 버렸다고 한다.

알렉산더대왕이 그리스를 정복했을 때 많은 사람들이 인사를 갔지만, 디오게네스는 가지 않았다. 알렉산더는 등불을 들고 사람을 찾아다닌다는 그 유명한 디오게네스를 보려고 부하들의 호위를 받으며 친히 행차하였다.

"나는 알렉산더대왕인데, 내가 무섭지 않은가?"

"대왕은 착한 인간인가?"

"물론이지!"

"착한 인간이라면 무서워할 필요가 없지."

"나에게 부탁할 것은 없는가?"

"그렇다면 좀 비켜주시오. 햇볕을 가리니까."

알렉산더대왕은 '내가 알렉산더가 아니었다면 디오게네스가 되고 싶다.'고 탄식했다고 한다.

전쟁이 났다고 모두들 바쁘다고 하자 그 자신은 나무통을 굴리며 바쁜척했다는 디오게네스, 한낮에 등불을 들고 거리를 돌아다니면서 옳은 사람을 찾는다고 외치는 디오게네스의 행복을 이해할 수 있다면 당신도 현자임이 분명하다.

▲ 알렉산더대왕에게 햇볕을 가리니까 비켜달라는 디오게네스

행복의 목표

누구나 한번쯤은 '아무 일도 하지 않고 지시도 받지 않고 목표도 없이 놀고먹을 수만 있다면 얼마나 좋을까?'하는 생각을 해본 적이 있을 것이다.

잠이나 실컷 자겠다는 사람, 좋아하는 운동이나 실컷 하겠다는 사람……. 사람마다 희망은 다르겠지만 그런 일을 계속한다고 해도 과연 며칠이나 지속할 수 있을까. 잠은 건강이나 휴식을 위한 것이지 그 자체가 행복의 목표는 아니다.

등산이나 운동은 왜 하는 것일까?

건강을 위해서 싫어도 하는 사람이 있는가하면 산을 정복하는 기쁨, 실력이 향상되어 경쟁에서 이기는 기쁨, 금메달을 목에 걸고 인기와 명예를 누리고 싶은 욕망, 이런 것 때문에 땀 흘리며 노력한다. 우리의 일도 등산이나 운동과 마찬가지로 정상을 정복하기 위해서는 남보다 더 많은 땀과 노력이 필요하다.

나태해지는 자신을 채찍질하면서 정상이라는 목표, 금메달이라는 목표를 향하여 매진하는 것처럼 도전하는 용기에서 행복을 찾아야 할 것이다.

▲ 아사달 일러스트

듀랜트의 발견

(05)

역사가이며 철학자인 윌 듀랜트는 행복을 찾아보기로 마음먹었다. 열심히 배우고 연구를 했지만 지식만으로는 행복해지지 않았다. 그래서 여행을 떠나 보았으나 더 지루한 시간의 흐름만 맛보았을 뿐이다.

한편으로는 재산을 모아보려고 했으나 근심, 걱정, 불화에 시달려야 했다. 책을 쓰면서 내면에 충실하려고 노력하였으나 피로만 쌓였다.

그러던 어느 날 역 앞을 지나다가 낡은 자동차 안에서 잠든 아기를 품에 안은 젊은 부인을 보았다.

조금 후 기차에서 내린 한 남자가 황급히 다가오더니 부인과 아이에게 가볍게 입맞춤하고는 차를 몰아 사라지는 것이었다.

그때 윌 듀랜트는 홀연히 깨달은 바가 있었다. 방금 자신이 본 그 장면이 바로 행복이라는 것을.

행복한 물방앗간

아주 먼 옛날 영국의 시골 데이 강가에 작은 물방앗간이 그림처럼 숲속에 자리 잡고 있었는데, 이 물방앗간 주인은 세상에서 가장 행복한 사람으로 소문이 나 있었다. 그래서 사람들은 '행복한 물방앗간'이라는 별명을 붙여주었다.

이 행복한 사람에 관한 소문을 듣고 국왕이 친히 만나러 오기에 이르렀다.

"그대가 매일 그토록 행복한 이유가 무엇인가?"

"저는 아내를 극진히 사랑합니다. 또 아이를 사랑합니다. 친구들을 사랑합니다. 물론 아내도 저를 사랑합니다. 아이들도 친구들도 저를 사랑합니다. 지금까지 살면서 빚은 한 푼도 없습니다. 오로지 그렇게 사는 것이 행복할 뿐입니다."

왕은 감탄하며 '정말 부러운 일이로다. 내 머리 위의 황금보관보다 그대의 먼지투성이 모자가 더 빛나 보이는군.' 했다고 한다.

행복에 이르는 길

07

  인내력을 기르고 항상 말을 따뜻하고 부드럽게 하는 것, 선행하는 사람을 두루 만나며 알맞은 때에 진리의 말에 귀를 기울이는 것, 이것이 행복에 이르는 길이다. 세상살이에 뒤섞일 때에도 결코 마음이 흔들리지 않고 슬픔과 티끌로부터 벗어나서 안정되는 것, 이것이 행복에 이르는 길이다.

  이렇게 꿋꿋이 걸어가는 사람은 그 어떤 고난에도 결코 패배하지 않는다. 또한 그는 모든 곳에서 평안을 얻게 되니 그 편안함 속에 행복이 있다.

행복함은

행복함은 아침에 일어나 정원에 꽃이 피어있음을 볼 때.

행복함은 온 가족이 모여 화목하게 음식을 먹을 때.

행복함은 손님도 찾아오지 않고 마음을 기울여 책을 읽을 때.

행복함은 마음에 떠오르고 사라지는 생각 속에서 담배를 피울 때.

행복함은 낮잠에서 깨어나자 머리맡에서 찻물이 끓고 있을 때.

행복함은 가까스로 모인 친구들과 커피나 포도주를 마실 때.

행복함은 사랑하는 사람의 눈빛을 바라보고 있을 때.

행복함은 눈 오는 깊은 밤 먼 북국의 마을을 떠올릴 때.

불행한 사고방식

- 무엇이든 이분법으로 생각한다.

  '전부가 아니면 전무다.', '좋은 사람이 아니면 나쁜 사람이다.'하는 융통성 없는 사고방식.

- 보편적이 아닌 것을 보편적인 일로 생각한다.

  한두 번의 실패를 영원히 실패할 것이라고 믿어버린다.

- 편견적인 고집

  '나에게는 나쁜 일만 생긴다.'는 식으로 실패나 나쁜 일만 상기하는 사고방식.

- 좋게 볼 수 있는 일인데도 나쁘게만 보는 습관

  안 되는 쪽, 비관적인 면만 본다.

- 잘못된 자기평가

  '나는 원래 그런 놈이다!'하는 자기비하에 빠져있다.

- 독단적인 추론

상대의 마음을 곡해하는 버릇. 남이 자기를 어떻게 생각하는지 신경을 쓴다.

• 작은 실패에도 절망적으로 생각한다.

주관적으로 받아들이는 시행착오적인 판단.

• 하지 않으면 안 된다는 극단적인 생각

지나치게 엄한 기준을 정해서 지키려고 한다. 완전주의적인 경향이 크다.

• 무엇이든 자기 탓이라고 생각한다.

남에게 폐만 끼친다고 생각하여 사회와 스스로 격리되는 소극적인 행동을 취한다.

▲ 두 얼굴, 아폴린(Apolin), 데생, 부쉐 드 페르트 미술관 소장

제우스의 선물

제우스신은 많은 동물을 만들고 이들에게 알맞은 것을 선물로 주었다. 새에게는 하늘을 날 수 있는 날개를, 염소와 황소에게는 방어하고 공격할 수 있는 뿔을, 또 한편으로는 몸을 보호할 수 있는 깃털과 가죽도 입혀주었다.

이 광경을 지켜보던 사람은 며칠을 기다렸으나 그와 같은 선물을 주지 않자 화가 나 목소리를 높여 제우스신에게 불평을 늘어놓았다.

"왜 인간에게는 아무런 선물도 주시지 않습니까?"

제우스신은 미소를 지었다.

"어리석구나! 내가 인간을 특별히 생각하고 준 것이 있는데 아직도 모르고 있구나. 나는 너에게 짐승들의 것과는 비교도 할 수 없는 소중한 것을 주었는데 모른단 말이냐?"

"누굴 놀리십니까? 저는 당신에게 받은 게 아무것도 없습니다."

"그럴 테지. 눈에는 보이지 않는 것이어서 깨닫지 못할 거다. 그
것은 마음속에 들어가 있어서 짐승보다 힘이 세고 날개를 가진 새
보다 빠른데, 바로 이성이라는 것이지. 만물의 영장이 되기 위해서
는 절대적으로 필요한 것이다."
 비로소 인간은 자신의 선물이 값지고 소중한 것임을 깨닫고 사죄
하는 마음으로 깊이 고개를 숙였다.

그대에게 축복을

미국의 어떤 젊은이가 매일 통근열차를 타고 출근을 했는데 경사진 언덕을 오를 때면 기차의 속력이 떨어져 철로 옆에 있는 집안이 들여다보였다.

그런데 어떤 집에 나이 많은 부인이 항상 침대에 누워있는 모습이 보였다. 젊은이는 그 부인의 이름과 주소를 알아내 병이 회복되기를 기원하는 한 장의 카드를 보냈다.

보내는 사람의 이름은 그냥 '매일 언덕 위 철길을 지나다니는 젊은이로부터'라고 써 보냈다.

그런 일이 있은 후 몇 주일이 지나 집안을 살펴보니 방은 비어있고 창가에는 램프가 밝게 켜져 있었는데 '그대에게 축복을!'이라고 크게 쓴 종이 한 장이 붙어있었다.

누구를 돕거나 축복을 준다는 것은 쉬운 일이 아니다. 더욱이 전혀 모르는 사람을 돕는다는 것은 더더욱 어려운 일이다.

그렇지만 세상에는 어떤 보답도 바라지 않고 그저 따뜻한 마음을 나눔으로써 세상을 아름답게 하는 사람도 있다.

행복을 찾는 왕

어느 나라에 왕이 살고 있었다. 그는 모든 것을 가지고 있었으나 행복만은 갖지 못했다. 그래서 왕은 불행했다. 마침내 왕은 '나는 기필코 행복을 갖고 말겠다.'는 결심을 했다. 왕은 전의를 불렀다.

"나는 행복을 원한다. 나를 행복하게 만들라. 그러면 내 그대에게 많은 부를 주겠노라. 그러나 만일 나를 행복하게 만들지 못한다면 그대의 목숨을 내게 바쳐야 할 것이다."

"경전을 찾아볼 수 있도록 내일 아침까지 시간을 주십시오."

신하는 밤새도록 뜬눈으로 궁리했다. 아침이 밝아오자 겨우 한 가지 결론에 도달했다. 그는 궁궐로 달려가 왕에게 말했다.

"전하의 위엄이 바로 행복을 가로막는 장애물입니다. 행복하려면 행복한 사람을 찾아내서 그 사람의 속옷을 입으셔야 합니다. 그러면 행복하게 되고 그 행복이 무엇인지를 알게 될 것입니다."

"어서 행복한 사람을 찾아 그의 속옷을 가져오라. 서둘러라!"

왕의 명이 떨어지기가 무섭게 신하는 멀리까지 많은 사람들을 찾아다녔으나 그 누구도 행복하다는 사람은 없었다. 그래서 죽음을 각오해야만 했다. 그때 누군가 말했다.

"너무 걱정하지 마시오. 내가 행복한 사람을 알고 있으니까요. 바로 저 강가에서 피리를 부는 사람인데, 당신도 그 소리를 들으면 알 수 있을 것이오. 그는 매일 밤 강가로 나옵니다."

밤을 기다렸다가 강가로 나가니 어떤 사람이 어둠 속에서 피리를 불고 있었다. 그 소리는 너무나 아름답고 행복감에 넘쳤다. 그들이 다가가자, 그 사람은 피리불기를 그쳤다.

"당신은 행복하오?"

"나는 항상 행복하고 즐겁소. 그런데 당신은 무엇을 원하오?"

"당신의 속옷을 주셔야겠습니다. 왜 침묵하시오? 당신의 속옷을 주시오. 왕께서는 당신의 속옷을 필요로 하오."

"그건 불가능 하오. 왜냐하면 나에겐 속옷이 없기 때문이오. 지금 난 벌거벗은 채 앉아 있소. 내겐 속옷이란 게 없소. 내 목숨은 줄 수 있지만 없는 속옷을 어떻게 준단 말이오?"

"그렇다면 어째서 당신이 행복하단 말이오?"

"이미 난 모든 것을 잃었소. 속옷까지도 남김없이 잃어버리자, 행복하게 되었소. 정말 가진 게 아무것도 없소. 나는 나 자신조차도 가지고 있지 않소. 지금 이 피리도 내가 부는 게 아니라 '전체'가 나를 통하여 불고 있소. 나는 비존재, 무無이며, 그 누구도 아니오."

한 순간의 행복

(13)

두 어깨를 활짝 펴고 고개를 높이 쳐들어라. 하루에 한 번쯤은 위를 보며 걷자. 그러면 한 그루의 나무나 최소한 눈높이만큼의 푸른 하늘을 어디에서나 볼 수 있으리라. 그렇다고 푸른 하늘만 염원할 필요는 없다. 어떤 방법으로도 우리는 밝은 태양의 빛을 자유로이 향유할 수 있지 않겠는가.

매일 아침 한 순간만이라도 하늘을 올려다보는 일상의 습관을 갖도록 하라. 그러면 당신은 신선한 대기를 마음껏 호흡할 수 있는 만족감을 느낄 것이다.

이러한 마음가짐으로 하루를 맞이하고 보내게 될 때, 당신은 그 나름대로의 모습으로 자기만의 특별한 광채를 지니고 있다는 사실을 깨닫게 될 것이다.

사소한 것을 소유함으로써 즐거움을 얻을 수 있다는 겸손한 생각은 삶의 지평을 여는 한 순간의 행복이다.

당신의 삶이란 갈채 없는 무대에서 무엇을 연출할 것인가 잠시 망설여보며 하루를 마감하는 시간의 표정과 같다.

▲ 눈부신 햇살, 푸른 하늘, 하루 한 번쯤은 바라보세요.

헬런 켈러의 소망

세계적인 잡지 <리더스 다이제스트>가 '20세기 최고의 수필' 중 하나로 선정한 헬런 켈러의 작품 '사흘만 볼 수 있다면(Three Days to See)'이라는 글은 이렇게 시작된다.

'보지 못하는 나는 촉감만으로 나뭇잎 하나하나의 섬세한 균형을 느낄 수 있다……. 봄이면 혹시 동면에서 깨어나는 자연의 첫 징조, 새순이라도 만져질까 살며시 나뭇가지를 쓰다듬어 본다. 아주 재수가 좋으면 노래하는 새의 행복한 전율을 느끼기도 한다.

때로 손으로 느끼는 이 모든 것을 눈으로 볼 수 있으면 하는 갈망에 사로잡힌다. 촉감으로 이렇게 큰 기쁨을 느낄 수 있는데, 눈으로 보는 이 세상은 얼마나 아름다울까. 그래서 꼭 사흘 동안만이라도 볼 수 있다면 무엇이 가장 보고 싶은지 생각해본다.

첫날은 친절과 우정으로 내 삶을 가치 있게 해준 사람들의 얼굴

을 보고 싶다……. 그리고 남이 읽어주는 것을 듣기만 했던, 내 삶
의 가장 깊숙이 영혼을 전해준 책들을 보고 싶다. 오후에는 오랫동
안 숲속을 거닐어 보겠다. 찬란한 노을을 볼 수 있다면 그날 밤 아
마 나는 잠을 이루지 못할 것이다…….'

▲ 헬런 켈러(1880. 6. 27 ~ 1968. 6. 1)

세상에서 가장

• 세상에서 가장 행복한 사람은 자기 일을 수행하면서 사명감을 가진 사람이다.

• 세상에서 가장 불행한 사람은 교양이 없는 사람이다.

• 세상에서 가장 외로운 사람은 일거리가 없는 사람이다.

• 세상에서 가장 어리석은 사람은 아무것도 생각하지 않는 사람이다.

• 세상에서 가장 존경스러운 사람은 남을 위해 봉사하고 피해를 주지 않는 사람이다.

• 세상에서 가장 아름다운 사람은 하찮은 일이라도 애정을 가지고 하는 사람이다.

• 세상에서 가장 불행한 사람은 거짓말과 비겁한 행동을 일삼는 사람이다.

chapter 2
사랑

♣ 관포지교 管鮑之交 : 관중과 포숙아의 참다운 우정. 친구의 처지를 서로 진심으로 이해해 주는 우정. —— 사기

친구는 인생의 이정표

　'어느 누구도 잃어버린 친구를 대신할 수는 없다. 옛 동료를 만들어낼 수도 없다. 그렇게 많은 공동의 추억, 함께 겪었던 위험한 순간들, 불화와 화해, 마음의 동요…….

　세상의 어느 것도 이와 같은 귀중한 경험들과 견줄 수는 없다. 어느 누구도 이런 우정의 흔적들을 다시 만들어내지는 못한다.

　덧없는 인생살이에서 친구들은 나에게서 하나하나 그들의 그림자를 끌고 가버린다. 그런 그 후부터는 늙음에 대한 남모르는 회한이 우리의 슬픔 속에 섞여드는 것이다.'

　생텍쥐페리가 쓴 글에 나오는 말인데, 책임감, 친구에 대한 자부심, 그에 대한 사랑의 의미를 새삼 느끼게 해준다.

　이렇듯 친구는 내 삶의 그림자이며, 나를 증명하는 존재의 이정표이다.

사랑은 주는 것

이 세상의 모든 것은 다 모방하고 위조할 수 있지만 사랑만은 그렇게 할 수가 없다. 사랑이란 훔칠 수도 위조할 수도 없는 투명한 공기와 같다.

사랑이란 자신을 완전히 이해할 줄 아는 마음속에서만 살아있다. 그러한 마음은 모두 예술 창작의 원천이기도 하다. 대다수의 사람들은 자신의 삶을 신용과 믿음, 사랑으로 영위하려하지 않고 돈과 상품으로 지불하려고 한다.

삶은 오직 사랑을 통해서만 의미를 지니게 되는 운명적인 것이다. 이를테면 더욱 더 사랑을 하고 자신과 타인을 위해 헌신할 마음을 지니고 있다면 우리의 삶은 그만큼 의미가 깊어질 것이다. 그러므로 우리의 삶이란 사랑 없이는 아무런 가치도 부여할 수 없다.

사랑이란 슬픔 속에서도 의연해지고 미소 지을 수 있는 능력을 말한다. 자기헌신에 대한 끊임없는 사랑, 자기운명에 대한 헌신적인 사랑, 사랑을 통해 아직은 볼 수가 있고, 이해할 수가 없는 경우일지라도 신비한 것이 우리에게 요구하고 계획하고 있는 것, 충심으로 동의하는 것, 이것이 바로 우리의 인생목표이며 삶의 실체인 것이다.

주는 것이 받는 것보다 행복하고 사랑하는 것이 사랑받는 것보다 아름다우며 우리를 행복하게 해준다.

위대한 사랑 알케스티스

그리스의 철학자 플라톤은 <향연>이란 책에서 사랑에 대해 다음과 같이 그의 제자에게 말하고 있다.

"사랑이란 사랑하는 사람을 위하여 목숨까지 아끼지 않는 극한의 감정을 가지고 있다. 사랑을 위하여 죽어도 좋다고 생각한다. 이는 남자만 아니라 여자도 마찬가지다. 페리아스의 딸 알케스티스가 그 전형적인 예이다."

제우스신의 노여움을 받은 아폴론신은 추방되어 1년 동안 아드메토스왕의 노예가 되어 종살이를 하게 되었다. 왕이 아폴론을 우대하였기 때문에 정성을 다해 섬겼다. 왕의 가축을 번식시켜주고 곡식을 잘 가꾸어 식량도 늘려주었다.

또한 아폴론신은 왕이 사모하던 처녀 알케스티스와 결혼할 수 있도록 도와주고, 1년 동안의 후대에 보답하는 뜻으로 아폴론신이 죽게 될 경우, 누군가 대신 죽어준다면 왕의 목숨이 끊이지 않도록 해주기로 약속했다.

 그 후 오래지 않아 아드메토스왕이 급환으로 생명이 위태로워졌다. 왕은 대신 죽어줄 사람을 구했지만, 형제와 친척은 물론 어느 한 사람 찾을 수가 없었다.

 그러다 왕비가 대신 죽음으로써 왕은 목숨을 구했다. 때마침 그곳을 찾아온 영웅 헤라클레스가 애틋한 사연을 알고 망령의 세계로 달려가 왕비를 찾아왔다.

 이 내용이 비극시인 에우리피데스의 작품 <알케스티스>의 줄거리다.

▲ 알케스티스를 데리러 온 죽음의 신과 싸우는 헤라클레스 - 페레스, wikimedia

나비가 전하는 말

향기를 뽑기 위해 꽃을 학살하고
향수 냄새를 뿌리면서
사람들은 꽃을 사랑한다고 말한다.

사람들은 꽃병이라는 것을 만들고
꽃병에 꽂아두기 위해 싹둑 자르면서
꽃을 사랑한다고 말한다.

때로 우리는 꽃에서 벌과 만나는 일이 있지만
우리는 싸우지 않고 꽃을 사랑하는데
사람들은 자기 혼자 가지려고 다투면서
꽃을 사랑하는 마음을 자랑한다.

사람들은 열매 맺는 일은
조금도 도와주지 않으면서
익기가 무섭게 열매를 탐한다.

꽃이 말없이 웃는 건
우리를 사랑하기 때문이다.
우리는 있는 그대로 사랑하면서
열매 맺기를 도와준다.

우리는 사랑한다는 말 이상으로
말없이 사랑한다.

사랑의 편지

아름다운 사랑의 편지(연서戀書)는 비록 짧은 문장이지만, 하나하나의 낱말은 순식간에 과녁을 적중하는, 그러나 오랫동안 떨리는 화살의 여운과 같다. 그리하여 기억 속에 아로새겨진 몇몇 구절은 수많은 나날, 숱한 밤을 보내면서도 따뜻하다.

여러 해가 지나 오랜 시간이 흐른 뒤 필적마저 희미해져 버렸는데도, 이미 사랑하지 않게 되었는데도, 사람들은 그 글을 쓸 때를 회상한다. 잃어버린 사랑이지만 추억 때문에 고독할 수는 없으리라.

때로는 사랑하는 사람이 보내온 절교를 선언하는 편지가 무정해 보여도 그를 원망해서는 안 된다. 그것은 그가 사랑하지 않는다는 것을 의미하지는 않기 때문이다.

다만 그의 사랑이 당신이 사랑하는 방식과 같지 않으며, 그의 사랑은 늘 조심스럽고 완전히 내맡기는 사랑이 아니라는 것을 의미할 따름이다.

누군가를 갈망하고 그리워한다고 해서 열정적인 성격을 가질 수 있는 것은 아니며, 자신의 심정을 토로하고 싶다고 해서 누구나 다 그럴 수 있는 것도 아니다.

그러나 그들이 간직하고 있는 순수한 감정은 자신의 사랑을 표현할 수 있는 사람보다 더 강렬한 불꽃을 간직하고 있음을 잊어선 안 된다.

미생의 약속

(21)

중국 노나라에 미생이라는 젊은이가 있었다. 애인이 내일 밤 마을 어귀 다리 밑에서 만나자고 했다. 미생은 다음 날 밤 약속 시간에 다리 밑으로 갔으나 애인은 나타나지 않고 시간은 자꾸 흘러갔다. 그때 바닷물이 밀려와 강물이 불어났다. 그래도 계속 기다리는데 물은 발에서 무릎으로, 무릎에서 가슴으로 차올랐다. 드디어 목까지 차고 키를 넘길 기세로 불었다. 할 수 없이 교각을 붙잡고 버텼지만 보람도 없이 익사하고 말았다.

이 고사는 '미생의 믿음(미생지신尾生之信)'이라고 해서 목숨을 걸고 약속을 지킨 선행으로 평가하는 사람이 있는가하면 형편없는 바보라고 폄하하는 사람도 있다.

공자와 제자 소진은 신의를 지킨 좋은 사람이라고 평가한 반면,

장자는 도척이라는 도적의 입을 빌려 다음과 같이 매도했다.

'기둥에 묶인 개, 물에 떠내려가는 돼지, 이 빠진 동냥그릇을 든 거지와 같다. 소중한 생명을 쓸데없는 명분으로 버린 자는 도道를 저버린 놈이다.'

故事成語

미생지신

尾生之信

해석 미생의 믿음

1. 우직하게 융통성 없이 약속만 굳게 지킴

2. 신의信義가 두터움

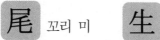 尾 꼬리 미   生 나다 생 / 살다 생

 之 어조사 지   信 믿다 신 / 신의 신

밀레와 루소의 우정

가난한 집안에 태어난 밀레는 그림공부를 위해 파리로 가고 싶었 지만, 가족을 남겨둔 채 떠날 수는 없었다.

그러던 어느 날 밀레의 그림솜씨를 아끼는 친구가 가족은 자기가 돌봐줄 터이니 유학을 가라고 권고했다.

친구의 도움을 받아 파리로 나왔지만 가난한 밀레는 누드를 그려 생활을 꾸려나가야 했다. 밀레는 그의 누드화를 본 사람들의 비웃 는 소리를 듣고, 마음속으로 농촌과 농민을 그리자고 결심을 하기 에 이른다.

하지만 생활은 더 어려워져 궁핍한 나날을 보내지 않으면 안 되 었다. 추운 날씨에 땔감이나 식량조차 제대로 마련할 수 없는 형편에 놓여있었다.

어느 날 친구 장 작 루소가 찾아왔다.

"이봐, 좋은 소식이 있어. 자네 그림을 사겠다는 사람이 나타났단 말일세. 여기 돈도 있네."

하며 3백 프랑이라는 큰돈을 내놓았다.

"그림 선택을 나에게 맡겼으니까 저 '나무 심는 농부'를 주게."

오랜만에 밀레의 가족은 궁핍에서 벗어날 수 있었다.

몇 년 후 루소의 집을 방문한 밀레는 깜짝 놀라지 않을 수 없었다. 루소의 집에 그 '나무 심는 농부'가 걸려 있었던 것이다.

샤 아바스의 우정의 선물

옛날 페르시아에 변장을 하고 백성들과 만나는 것을 좋아하는 샤 아바스라는 황제가 있었다.

어느 날 거지로 변장하고 석탄가루와 재가 뒤섞인 어두운 지하방에서 초라하게 살고 있는 늙은 화부를 만나러 갔다. 왕은 화부와 여러 이야기를 주고받으며 식사 때가 되자 화부가 먹는 마른 빵과 지하수나 다름없는 물을 나누어 마셨다.

그러자 불쌍한 늙은 화부에게 동정심이 생겨났다.

황제가 이윽고 말했다.

"이보게, 내가 누구인 줄 아는가? 자네는 내가 거지인 줄 알겠지만, 나는 이 나라의 황제 샤 아바스일세."

거지는 전혀 동요하는 기색 없이 묵묵히 듣고만 있을 뿐이었다.

"내 말의 뜻을 모르겠나? 나는 자네를 부자로 만들어 줄 수도 있고 고관대작의 높은 벼슬도 줄 수 있다네. 원하는 것이 있으면 말해 보게."

　잠시 침묵하더니 늙은 화부가 말했다.

　"황제폐하, 폐하의 말씀은 고맙습니다만, 저에게는 더 간절한 것이 있습니다. 이 누추한 곳까지 오셔서 제가 먹는 음식을 나누어 잡수셨고, 기쁜 일 슬픈 마음을 함께 생각해주셨습니다. 어떤 값진 선물을 주시지는 않았지만, 폐하 자신을 저에게 주셨습니다. 오직 바람이 있다면 우정이란 선물을 거두지 마시길 바랄 뿐이옵니다."

◀ 한 시녀를 안고 있는 샤 아바스
카심 무사르비르 모하메드,
1627, 세밀화, 루브르박물관

은혜갚음

앵무새 한 마리가 살던 곳을 떠나 다른 산에 머무른 적이 있다. 그곳의 온갖 새와 짐승들은 앵무새를 몹시 사랑하였다.

어느 날 앵무새는 자기가 살던 곳으로 다시 돌아왔다. 그런데 얼마 후 자신을 사랑해준 새와 짐승들이 사는 산에 큰불이 났다. 앵무새는 그 소식을 듣자 곧장 날아가 자신의 날개에 물을 흠뻑 적셔 불을 끄려고 사력을 다했다.

이를 지켜본 산신이 말했다.

"앵무새야, 네 작은 날개에 묻은 물로 어찌 큰불을 끌 수 있겠느냐?"

"저도 알고 있습니다. 그러나 예전에 제가 이 산에 있을 때 모든 새와 짐승들이 저를 형제처럼 매우 사랑해주었습니다. 그때 입은 은혜를 어떻게 모른 척할 수 있겠습니까?"

산신도 마침내 앵무새의 생각에 감동하여 곧장 비를 내렸다.

사랑의 9가지 빛깔

헨리 드러먼드는 사도 바울의 말을 전한 고린도전서 13장에서 사랑은 인내, 친절, 관용, 겸손, 예의, 무無사욕, 온유, 순수, 진실 등 9가지 빛깔이라고 심리학적으로 분석하고 있다.

• 사랑은 오래 참습니다.(인내)

• 사랑은 친절합니다.(친절)

• 사랑은 시기하지 않습니다.(관용)

• 사랑은 교만하지 않습니다.(겸손)

• 사랑은 무례하지 않습니다.(예의)

• 사랑은 사욕을 품지 않습니다.(무無사욕)

• 사랑은 성을 내지 않습니다.(온유)

• 사랑은 오래 참고 변함이 없습니다.(순수)

• 사랑은 불의를 보고 기뻐하지 아니하고, 진리를 보고 기뻐합니다.(진실)

우정의 체온

세 나그네가 눈보라 속의 들길을 헤매고 있었다. 온 세상이 눈으로 덮여 길이 묻혀버린 것이다. 이미 날은 저물었고 인가마저 찾을 길이 없었다. 그 때 일행 중 하나가 눈 위에 쓰러졌다.

그러자 한 사람이 자신도 지쳐 죽을 지경이었지만 쓰러진 사람을 부축하며 다른 사람에게 도움을 청했다. 그러나 그는 별 볼일 없다는 듯 혼자 달아나며 큰 소리로 말했다.

"이런 매서운 눈보라 속에서 헤매다가는 죽고 말 걸세. 자네도 자네 몸이나 돌보게."

한 사람은 하는 수 없이 혼자 쓰러진 사람을 들쳐 업고 인가人家를 찾아 헤매다 날이 밝았다. 그러는 동안 등에 업혀있던 사람도 기운을 차려 혼자 걸을 수 있게 되었다.

떠오른 햇빛으로 세상은 밝아졌고, 눈보라도 멈추어 천지가 하얗게 빛나고 있었다.

그 때 두 사람은 혼자 달아났던 친구가 쓰러져 있는 것을 발견했다. 지난밤의 매서운 추위를 견디지 못하고 꽁꽁 얼어 죽은 것이다.

　두 사람은 서로의 체온으로 몸이 따뜻했기에 살아남을 수 있었다.

사랑의 표현

너무 가난하여 콩 반쪽이라도 나누어 먹어야 한 끼 식사를 해결할 수 있는 젊은 부부가 살고 있었다.

비록 생활은 빈곤하고 어려웠지만 금슬만큼은 좋아 사랑과 격려로 시련을 모두 극복하고 노년에 이르렀다.

어느덧 세월이 흘러 노부부는 금혼식을 하기에 이르렀다. 많은 하객들로 하루를 정신없이 보냈지만 두 사람은 무척 행복했다.

손님들이 모두 돌아가자 항상 그랬듯이 노부부는 저녁을 먹기 위해 식탁에 마주 앉았다. 온종일 손님을 접대하느라 지쳤으므로 구운 빵 한 조각에 잼을 발라 나누어 먹기로 했다.

"이렇게 구운 빵을 놓고 마주 앉으니 옛날 일들이 새삼스럽소."

할아버지의 회한에 찬 말에 할머니는 엷은 미소를 지었다. 지난 50년 동안 늘 그래왔듯 할아버지는 빵의 끝부분을 떼어 할머니에게 건넸다. 그러자 할머니는 갑자기 얼굴을 붉히며 몹시 화를 내며

강경하게 말했다.

"영감은 오늘 같은 날에도 역시 그 지긋지긋한 빵 껍질을 주는군요. 그것이 늘 불만이었지만, 정말 오늘 같은 날에도 당신이 이럴 줄은 몰랐어요."

할머니의 돌연한 태도에 할아버지는 한동안 어쩔 줄을 몰라 했다.

"왜 진즉 이야기하지 않았소. 정말 난 몰랐소. 이봐요, 할멈, 바삭바삭한 빵 껍질은 내가 가장 좋아하는 부분이라오."

다 때가 있는 법

한 여인이 근엄한 목사에게 청혼했다. 여자가 남자에게 먼저 청혼
하는 것은 예나 지금이나 흔한 경우는 아니다. 여인은 목사가 자신
을 사랑하고 있다는 것은 눈치 채고 있었다.

하지만 아무리 기다려도 목사로부터 답이 없자, 기다림에 지친 여
인이 먼저 청혼한 것이다.

"잘 생각해 보겠습니다."

정중하게 대답한 목사는 그녀와의 결혼에 대해 본격적으로 연구
하기 시작했다. 마음속으로는 사랑을 느꼈지만 성직자로서 그는 자
신의 감정에 확신을 가질 수 없었다.

그래서 그녀에 대한 자신의 감정을 한 가지씩 분석해보기로 하였
다. 그 즉시 서점으로 달려가 사랑과 결혼에 관한 책을 구입하여
열심히 읽었다.

그런 다음 결혼에 대해 찬성하는 의견과 반대하는 의견을 비교

분석하였다.

그동안 많은 시간과 심혈을 기울여 분석, 종합해본 결과 결혼을 찬성하는 쪽이 반대하는 쪽보다 점수가 높았다. 따라서 그는 그녀와 결혼하기로 결단을 내렸다. 자신이 선택한 신중하고 합리적인 결정에 그는 대단히 만족했다.

"자, 그렇다면 그녀의 청혼을 받아들이는 것이 옳겠어. 이보다 더 신중한 결론은 있을 수 없어. 내일은 그녀에게 청혼해야지."

목사는 다음 날 멋지게 차려입고 당당하게 여인의 집을 찾아갔다. 하지만 그녀는 집에 없었다. 그녀의 아버지가 그를 맞이하며 말했다.

"자네가 망설이는 동안 내 딸은 이미 결혼했다네. 벌써 두 아이의 엄마가 되었지. 자네가 너무 늦게 와서 이렇게 되었네. 다 때가 있는 법일세."

비둘기에게 베푼 사랑

제2차 세계대전이 막바지에 이르렀을 때 수 천 명의 필리핀 병사들이 일본군에 생포되어 수용되어 있었다.

수용소에는 먹을 것이 부족했고 목욕물은 고사하고 변변히 쉴 곳도 없었다. 들려오는 포성은 포로들의 생명을 위협했고 전염병이 퍼져 수용자들은 계속 죽어나갔다.

그러던 어느 날 비둘기 한 마리가 철조망 너머로 날아왔다.

비둘기는 한 쪽 날개에 큰 상처를 입고 피를 흘리고 있었다. 그들은 즉시 군의관에게 비둘기의 치료를 부탁했다. 이후부터 포로들은 비둘기에게 물과 먹이를 주며 사랑을 베풀었다.

마침내 비둘기는 상처를 회복하였고 포로들은 기뻐하였다.

이 과정에서 보이지 않는 하나의 큰 기적이 일어났다.

한 달에 백 명 정도 죽어나가던 수용소에서 이 일이 있고나서부터는 사망률이 60%나 줄었다는 것이다.

chapter 3
용기

♣ 돈을 잃는 것은 적게 잃는 것이다. 그러나 명예를 잃는 것은 크게 잃는 것이다. 더더욱 용기를 잃는 것은 전부를 다 잃는 것이나 다름없다.

—— 윈스턴 처칠

비스마르크의 용기

독일의 유명한 정치가 비스마르크는 철혈재상이라 불린 별명만큼
이나 독일부흥에 큰 공을 세웠다.

철혈이란 쇠와 피 즉, 무기와 병사를 뜻하는데 '오늘날의 독일은
다수결로 개선할 수 없다. 오직 쇠와 피로서 해야 한다.'는 유명한
말을 남겼다.

이 비스마르크가 정치 초년생이었을 때 왕이 내린 중요한 임무를
즉석에서 받아들이자, 프리드리히대왕이 '이런 일을 거침없이 받아
들이다니 용기가 있군.'하고 말하자 비스마르크는 '폐하께서 명령을
내리실 용기가 있으시면 저에겐 복종할 용기가 있사옵니다.'라고
대답했다.

한 여인의 침착함과 용기

 4만6천 톤의 거대한 유람선 타이타닉호가 빙산에 부딪쳐 침몰되던 때의 이야기다. 배에 타고 있던 사람은 2천2백 명이었지만, 16척의 구명보트는 5분의 1밖에 태울 수 없었다. 우선 아이들과 여자들을 태웠다. 공포와 불안 속에서 서로 살겠다고 밀고 당기고, 어떤 사람은 물에 빠져 죽기도 해서 그야말로 아비규환을 이루었다.

 이때 어디선가 한 여성의 노랫소리가 들려왔다. 한 곡을 끝내더니 큰 소리로 외쳤다.

 "여러분, 침착하게 행동하고 다 함께 노래를 부릅시다."

 또 한 곡을 부르고 나서,

 "지금 구조선이 오고 있습니다. 세 시간 후면 날이 밝습니다. 모두 자리에 앉아서 힘차게 노래를 부릅시다."

 누구나 다 아는 민요를 다시 부르기 시작하자, 유람선 전체의 합

창이 되었다. 그렇게 4시간을 버티자 구조선이 왔다. 이때 구조된 사람은 675명이었다. 그 젊은 여성이 누구인지, 이름이 무엇인지 아무도 모른다. 그러나 그 침착성과 용기는 모든 사람의 가슴에 남았다.

▲ 침몰하는 타이타닉 호

넘어질 때마다 일어서는 용기

처음 시작하는 일에는 실패가 따르기 쉽다. 그렇다고 실패를 두려워해서는 아무 일도 할 수 없다.

아기가 기기 시작하면 서기를 바라고, 서면 걷기를 바라는 것이 부모의 마음이다. 몇 번씩 넘어지면서 걷는 방법을 배우고 드디어 뛰는 모습을 보면 감동을 느낀다.

'인간은 이렇게 성장하는 것이로구나.'하는 소박한 진리를 어린아이를 통해 깨닫게 된다.

영국의 소설가 올리버 골드스미스는 이렇게 말했다.

"가장 영광된 삶은 한 번도 실패하지 않는 일이 아니라 넘어질 때마다 다시 일어난다는 신념이다."

일곱 번 넘어졌다가도 여덟 번 일어나는 오뚝이처럼 되어야 인간은 굳세어지고 불굴의 의지를 가져 성공한 삶을 살 수 있다.

그런데 실패의 원인 가운데 대부분은 자만심, 교만, 태만, 유비무

환의 결여, 자신을 견제하지 못하는 데 있다.

그러나 실패를 했더라도 바로 일어설 수 있는 의지와 용기를 성공의 디딤돌로 삼는 지혜가 필요하다.

▲ 올리버 골드스미스(1728. 11. 10 ~ 1774. 4. 4)

희망과 인내

요즘 우리나라 젊은이들은 너무나 어둡고 음울한 시간을 보내고 있다. 그들의 벅찬 희망에 가슴을 부풀리며 마음껏 일할 수 있는 직장이 그리 많지 않은 것이 현실이다.

그러나 상기해 보라.

어느 시대에도 그 나름대로의 어려움은 있었다. 성공한 사람들 역시 가정의 고민, 건강상의 고민, 직업이 주는 어려움, 그밖에 여러 가지 불면의 밤에 봉착해서 실패하고 패배하는 아픔도 겪어야 했으며, 그 고뇌의 밑바닥에서 자기 자신을 강하게 단련시키고 이겨 냈음을 우리는 알고 있다.

우리 인간을 아름답고 깊이 있는 인격자로 육성하는 데는 시련밖에 없다.

따라서 주위환경이 나쁘고 나라의 경제와 정치가 잘못되었다고 비난만 할 것이 아니라 스스로 나쁜 환경 속으로 용감하게 뛰어들

어 어디가 어떻게 잘못된 것인가를 파악해서 그 장애물을 제거하
고 다시 시작하는 단계까지 끈기 있게 매달리는 성실성과 노력을
가질 때 사회나 나라의 희망이 보인다.

칼라일의 시작

토머스 칼라일은 수천 페이지에 달하는 〈프랑스혁명사〉를 탈고한 후 이웃에 사는 존 스튜어트 밀에게 읽어보라고 원고를 넘겨주었다.

그런데 며칠이 지난 후 창백한 얼굴을 한 밀이 칼라일을 찾아왔다. 그의 하녀가 난롯불을 지피기 위해 그 원고를 불쏘시개로 써버렸음을 알리자, 칼라일은 제정인 아니었다. 2년 동안이나 심혈을 기울인 결과가 그만 재가 되고 만 것이다.

그러던 어느 날 한 석공이 작은 벽돌을 하나하나 쌓아 높고 긴 벽을 만드는 것을 본 순간, 그의 마음에는 새로운 용기가 솟아났고 단단한 결심을 하기에 이르렀다.

"나는 오늘부터 하루에 한 페이지만 쓸 것이다. 예전에도 한 페이지부터 시작하지 않았던가!"

그는 즉시 다시 써나가기 시작했고 불타 없어진 첫 원고보다 더 잘 쓰기 위해 아주 천천히 진행해서 먼저보다 훌륭하게 쓸 수 있었다.

지금 곧 우리 인생에 벽돌 한 장을 놓는 것, 그것은 새로운 시작이자 도전이다.

◀ 토머스 칼라일(1795. 12. 4 ~ 1881. 2. 5)

가지 않은 길

갈색 숲속에 두 갈래 길이 있었습니다.
안타깝게도 나는 두 길을 갈 수 없는
한 사람의 나그네로 오랫동안 서서
한쪽 길이 덤불 속으로 꺾여 내려간 곳까지
바라다볼 수 있는 데까지 멀리 보았습니다.

그리고 똑같이 아름다운 다른 길을 택했습니다.
그럴만한 이유가 있었습니다.
거기에는 풀이 우거지고 사람이 걸어간
자취가 적었습니다.

하지만 그 길을 걸어감으로 해서
그 길도 거의 같아질 것입니다만,

그날 아침 두 길에는 낙엽을 밟은 자취가 적어
아무에게도 더럽혀지지 않은 채 묻혀있었습니다.

아, 나는 뒷날을 위해 한 길은 남겨두었습니다.
길은 다른 길에 이어져 끝이 없었으므로
내가 다시 여기 돌아올 것을 의심하면서.

훗날에 나는 어디에선가
한숨을 쉬며 이야기할 것입니다.
숲속에 두 갈래 길이 있었다고.
나는 사람이 적게 간 길을 택하였고
그것으로 해서 모든 것이 달라졌다고.

— 프로스트(Robert Frost:1875 ~ 1963)

존 듀이의 등산론

36

　미국의 철학자 존 듀이가 90세 되던 해에 젊은 후배 학자와 나눈 이야기를 여기 소개한다.

　젊은 학자는 철학을 업신여기듯 빈정거렸다.
　"그 따위 말장난이 뭐가 좋단 말입니까? 도대체 그게 무슨 소용이지요?"

　그러자 노 철학자는 조용히 말했다.
　"그건 말일세, 우리가 산을 오르게 하니까 좋은 걸세."
　"산을 오르게 하다니요? 그게 제 인생에 무슨 도움이 된단 말입니까?"

　젊은이는 여전히 불평하듯 말했다. 그러자 존 듀이는 젊은이의 무릎에 손을 가볍게 얹으며 단순한 등산 이야기가 아님을 말해주었다.

"산을 오르면 올라가야할 다른 산이 있다는 걸 알게 되지. 그래서 내려와서는 다음 산을 오르게 되고, 다시 올라가야할 또 다른 산이 있다는 걸 알게 되는 걸세. 만일 자네가 올라가야할 산을 보려고 계속해서 산을 오르지 않는다면, 이미 자네의 인생은 끝이라네."

▲ 존 듀이(1859. 10. 20 ~ 1952. 6.1)

마지막 한 걸음

세상에는 크고 작은 길이 너무나 많다. 그러나 도착지는 모두 같다. 말을 타고 갈 수도 있고, 차로 갈 수도 있고, 둘이서, 아니면 셋이서 함께 갈 수도 있다.

그러나 마지막 한 걸음은 혼자서 가야한다. 그러므로 이 세상에서 아무리 어려운 일이라도 혼자서 하는 것보다 더 나은 지혜나 능력은 없다.

링컨의 최선

"나는 내가 할 수 있는 최선의 것을 실행하고, 언제나 그 상태를 지속시키려고 노력한다."

에이브러햄 링컨의 유명한 말이다.

링컨은 스물두 살에 처음 사업에 실패한 이래, 거의 매년 실패의 고배를 마셔야했다. 한 번도 제대로 성공하지 못하고 수도 없이 선거에 출마했지만 번번이 낙선하였다. 쉰한 살이 되어 대통령에 당선되고 재선까지 하기에 이르렀다. 링컨은 청년시절도 중년시절도 고난의 연속이었지만 좌절하지 않고 끝까지 '최선의 것'에 도전했기 때문에 목표를 이룰 수 있었다.

성공한 사람들의 얘기를 들으면 모두 그럴듯하고 또 그렇게 될 수밖에 없다고 생각되는 점 또한 많다. 그러나 사람은 태어날 때부터 누구나 평등했으나 살아가면서 진로나 결과가 달라지는 만큼 성실하고 적극적인 자세로 임해야 한다.

성장 형 인간

　인간의 삶을 양지와 음지, 두 측면으로 볼 수 있는데, 어떤 사람은 양지쪽을, 또 어떤 사람은 음지쪽을 보고 있어서 인생의 종착역이 크게 달라지는 경우를 본다. 성장 형 인간이 보는 양지쪽 측면이란 다음과 같다.

　• 꿈. 이상. 목표 : 달성하려고 하는 목표가 없으면 노력의 의미가 없고 열의가 나타나지 않는다.

　• 건강 : 건강은 활동의 원동력이자 행동의 원천이다. 그러므로 건강한 정신과 육체는 성공으로 가는 초석이다.

　• 일에 대한 열의와 사랑 : 일에 대한 열의와 사랑이 없으면 성과가 오르지 않으며 보람을 느낄 수 없다.

• **학구열** : 배워 발전하겠다는 정신자세를 갖지 않으면 제자리걸음만 하다 인생 낙오자가 된다.

• **인맥** : 많은 사람을, 그것도 나와는 전혀 다른 성격의 소유자나 경험이 풍부한 사람과의 만남을 통해 그의 지식을 경청하는 태도를 기른다.

• **적극성** : 불가능을 생각하지 않고 어떻게 하면 가능한지 찾아낸다.

• **자립심** : 자신의 실력으로 도전하여 난관을 돌파한다. 결과가 좋지 않을 때는 자기의 노력이나 실력이 부족하다고 생각한다.

살아갈 용기

한 남자가 자동차로 자살하려고 차를 몰고 나왔다. 고속도로를 맹스피드로 달리다가 바위에 달려들거나 벼랑이나 강으로 날아들 생각이었다.

시내 교차로에서 정지신호에 걸려 기다리는데 신호를 보지 못한 차가 자기 차 앞에서 급정거를 했다. 그 차를 운전하던 아가씨는 얼굴을 붉히며 미소를 보냈다. 길이 풀려 각자 제 갈 길로 가기 시작했다. 고속도로를 달리면서도 그 아가씨의 미소가 계속 떠올랐다. 남자의 마음은 흔들리기 시작했다.

"이 따위 쓸모없는 인간에게도 미소를 보내는 사람이 있다니! 어쩌면 이 세상은 살만한 가치가 있는지도 모른다!"

다시 돌아온 남자는 담당 정신과의사에게 전화를 걸었다.

"어떤 여성의 미소가 제게 살아야 할 이유를 깨우쳐주었습니다. 이제 선생님의 치료는 필요 없게 되었습니다."

chapter 4
지혜

♣ 지혜로운 사람도 한 가지 실수는 있고 어리석은 사람도 한 가지 재주는 있다. —— 사기

미켈란젤로의 자존심

미켈란젤로가 그린 '최후의 심판'을 보고 비아지오라는 고관이 빈정거리듯 말했다.

"이 그림은 교회보다는 목욕탕에 거는 것이 좋겠군."

'최후의 심판'에는 벌거벗은 군상이 그려져 있었기 때문이다.

이 말을 들은 미켈란젤로는 노발대발하며 지옥에 빠진 미노스 왕을 비아지오의 얼굴로 바꾸어 그려놓았다.

그렇게 되자 비아지오가 교황에게 가서 사정을 했다. 어떻게 손 좀 써달라는 부탁이었다.

그러자 교황은 '나도 지옥에 빠진 사람은 구할 수가 없다네.'하며 거절했다고 한다.

이렇듯 예술가 중에는 성질이 괴팍하고 자존심이 강해 주위 사람과 충돌하는 경우가 많다. 예술가를 잘못 사귀어서 복수를 당하기도 한다는 의미로 '예술은 복수다.'라고 하기도 한다.

링컨의 약속

링컨 대통령이 마차를 타고 여행을 하고 있었다.

수행하던 육군대령이 위스키 병을 꺼내더니 술을 권했다.
링컨이 말했다.

"대령, 나는 위스키를 마시지 않는다네."

그러자 대령은 담배를 꺼냈다.

"이보게 대령, 내 이야기 좀 들어보겠나. 내가 아홉 살 때 병상에
계시던 어머님이 나를 곁으로 부르시더니 말씀하셨네. '의사 선생
님 말씀이 내 병은 더 이상 좋아지지 않을 거라고 하시더구나. 나
는 네가 착한 아이로 자라기를 바라는데, 약속을 해주면 좋겠다.

일생동안 술을 마시지 않고, 담배를 피우지 않겠다고 말이다.' 그래서 나는 지금까지 어머님과의 약속을 지켜왔는데, 설마 지금 자네가 그 약속을 깨라고 하지는 않겠지?"

대령이 황급히 말했다.

"각하! 제가 어떻게 그 약속을 깨라고 하겠습니까! 저의 어머니께서도 그처럼 훌륭한 약속을 권하셨다면 저는 지금보다 훨씬 훌륭한 사람이 되었으리라고 생각합니다."

관용과 비관용

어느 시골 성당에 신부를 돕는 어린 소년이 있었다. 어느 날 성찬용 포도주를 나르다가 실수로 포도주 담은 그릇을 떨어뜨리고 말았다. 순간 화가 난 신부가 소년의 뺨을 때리면서 외쳤다.

"빨리 꺼지지 못해! 그까짓 일조차 제대로 못하는 녀석, 다시는 제단 앞에 얼씬도 마라."

그 후로 소년은 평생 동안 성당에 나오는 일이 없었다. 훗날 무신론자가 되어 공산국가의 대통령이 되었다. 그가 바로 유고슬로바키아의 티토 대통령이다.

다른 성당에도 똑같이 심부름을 하는 소년이 있었다. 그도 역시 실수로 성찬용 포도주를 바닥에 쏟았지만 신부는 부드러운 눈빛으로 소년을 바라보며 이렇게 말했다.

"너무 걱정하지 마렴. 넌 앞으로 훌륭한 신부가 될 거다. 나도 너처럼 어렸을 때 실수로 포도주를 엎지른 적이 있단다. 그런데 지금은 이렇게 신부가 되어 있잖니?"

그 후 소년은 자라서 훌륭한 신부가 되었다. 그가 바로 유명한 풀턴 대주교다.

▲ 요시프 브로즈 티토
  (1892. 5. 7 ~ 1980. 5. 4)

▲ 풀턴 신
  (1895. 5. 8 ~ 1979. 12. 9)

칭찬과 질책

어느 프로 야구팀 감독은 선수들의 실력을 발휘하게 하는 방법 중에서 칭찬이 가장 효과가 있었다고 말했다.

"자네는 볼 컨트롤이 나쁘군, 공은 빠른데."라고 말하는 것과 "훌륭해. 강속구를 가지고 있군. 거기에 컨트롤만 있으면 되겠어."라고 말하는 것과는 결과가 전혀 다르다는 뜻이다.

먼저 장점을 칭찬하고 다음에 단점을 고치도록 하면 연습에 임하는 태도가 달라진다는 것이다. 이와는 반대로 먼저 결점을 지적하면 자신감을 잃어 공의 속력마저 떨어진다는 것이다. 그러나 칭찬만으로 사람을 키울 수는 없으며 때로는 질책도 필요하다.

그러나 이때 '화'를 내지 말고 오로지 상대를 위해 진심어린 충고로 꾸짖는 자세가 필요하다. 그럴 때 아무리 심한 말로 꾸짖어도 상대는 마음을 열어 알아듣고 이해한다는 것이다.

인간은 아무리 나이가 들어도 칭찬 받는 것만큼 힘이 되는 것은 없으며, 칭찬과 꾸짖음을 적절히 사용하면 우수한 인재로 태어난다는 것이다.

지혜로운 이의 삶

지금 유리하다고 해서 교만하지 말고
불리하다고 비굴하지 마라.
무슨 말을 들었다고 가볍게 생각하지 말고
그것이 사실인지 깊이 생각하여
이치가 명확할 때 과감히 행동하라.

벙어리처럼 침묵하고 임금처럼 말하며
얼음처럼 냉정하고 불처럼 뜨거워져라.
태산 같은 자부심을 갖고
때로는 누운 풀처럼 자신을 낮추어라.

역경을 잘 참아내고
형편이 좋아졌을 때를 조심하라.

재물을 오물처럼 볼 줄 알고
터지는 분노를 잘 다스려라.

때로는 마음껏 풍류를 즐기고
사슴처럼 삶을 두려워할 줄도 알고
호랑이처럼 무섭고 사나운 행동을 보여야 한다.

여섯 가지 잘못

46

중국 청나라 말기의 금난생이 쓴 <격언연벽格言聯璧>이란 책에는 우리가 범하기 쉬운 '여섯 가지 잘못'을 지적하고 있다.

1. 사치하는 것을 행복이라는 잘못

2. 남을 속이는 것을 머리가 좋다고 생각하는 잘못

3. 탐욕으로 재물을 모으는 것을 수완으로 생각하는 잘못

4. 용기 없음을 안전을 지키기 위한 것이라고 생각하는 잘못

5. 싸움을 좋아하면서 용기 있다고 생각하는 잘못

6. 윗자리에 있는 자가 질책만 일삼으며 위엄 있다고 생각하는 잘못

사실 우리는 무엇이 잘못인가를 깨닫지 못하고 살아가는 경우가 많다. 금난생의 지적처럼 자신의 잘못을 깨닫고 인격을 도야하는 밑거름으로 삼으면 세상을 살아가는데 많은 도움이 될 것이다.

살 수 없는 것

- 침대는 살 수 있지만 숙면은 살 수 없다.
- 책은 살 수 있지만 지혜는 살 수 없다.
- 음식은 살 수 있지만 식욕은 살 수 없다.
- 보석은 살 수 있지만 아름다움은 살 수 없다.
- 선물은 살 수 있지만 마음은 살 수 없다.
- 집은 살 수 있지만 가정은 살 수 없다.
- 약은 살 수 있지만 건강은 살 수 없다.
- 사치품은 살 수 있지만 교양은 살 수 없다.
- 불상은 살 수 있지만 부처님은 살 수 없다.
- 교회는 살 수 있지만 천국은 살 수 없다.

나무의 지혜

노자老子가 제자들과 숲속을 지날 때, 수백 명이나 되는 벌목꾼들이 나무를 베고 있었다. 궁궐을 짓기 위함이었다.

숲의 나무가 몽땅 벌채되려는 위기에 놓였는데 딱 한 그루만 우람한 가지를 드리우고 서있었다. 수천의 나뭇가지, 일만 명가량이나 앉을 수 있을 만큼 큰 그늘을 드리우고 있었다.

노자는 제자들에게 숲의 나무를 모두 벌목하는데 그 큰 나무만 베지 않은 이유를 알아오라고 했다.

벌목꾼들이 전한 이야기는 이랬다.

"이 나무는 도무지 쓸모가 없기 때문이지요. 가지마다 옹이가 너무 많이 박혀 있어요. 곧게 뻗은 가지가 하나도 없어요. 그래서 기둥으로 쓰지 못합니다. 가구를 짤 수도 없답니다."

그러자 노자는 제자들을 둘러보며 말했다.

"하지만 저 늙은 나무의 살아남는 지혜는 배워야 하느니라."

야누스의 두 얼굴

49

로마 전설에 모든 일의 시초를 지배하는 '야누스(Janus)'라는 문지기 신이 있다.

신기하게도 이 신은 앞뒤에 얼굴이 있어서 '과거와 미래를 볼 줄 아는 지혜'를 상징하는데, 무슨 일을 시작할 때 치밀하게 과거의 예를 살펴보고 미래를 예측한다는 뜻이다.

그러나 사람의 일이다보니 이론대로 되지 않는 경우가 더 많아 마땅히 해야 할 일을 건너뛰는 경우도 있고, 생각이나 경험이 모자라 불충분하지만 그냥 시작하는 경우도 있다.

어떤 사람은 '뛰면서 생각한다.'는 명언을 남기기도 했지만 우유부단하게 주저하는 쪽보다는 우선 행동으로 옮기는데 뜻이 있음을 일컫는 말이다. 깊이 생각하고 시작하느냐, 우선 시작하고 생각하느냐는 상황에 따라, 사람에 따라 다르다. 어쨌든 시작하지 않으면 아무 일도 이루지 못한다. 당장 시작하자.

황희 정승과 농부의 배려

(50)

어느 봄날, 황희 정승이 산골 들녘을 지나다가 밭에서 소를 몰며
일하는 중년의 농부를 만났다. 정승은 농부에게 말을 건넸다.

"여보시오, 그 두 마리 소 중 어느 소가 일을 더 잘하오?"

농부는 대답이 없었다. 황 정승은 자기의 말을 잘 알아듣지 못했
는가 싶어 다시 큰소리로 물었다. 그러나 농부는 아무 대꾸도 없었
다.

이에 황 정승은 괘씸하다는 생각에까지 이르렀다. 그러자 잠시 뒤
농부는 하던 일을 멈추고 황희 정승 앞으로 가까이 다가서더니 귀
에 입을 대고 속삭였다.
"저기 검정 소가 일을 더 잘 하지요."

황희 정승은 이와 같은 그의 태도를 의아하게 여기며 그 까닭을 물었다. 그제야 농부가 큰소리로 말했다.

"아무리 짐승이지만 잘 못한다고 말하면 좋아할 리가 없지요. 그래서 소가 듣지 못하도록 말씀드린 겁니다."

이 말을 들은 황희 정승은 크게 깨달은 바가 있어 나랏일을 돌볼 때도 늘 농부의 말을 잊지 않았다고 한다.

돈의 가치

옛날에 유난히 돈을 사랑하는 사람이 있었다. 그는 자신의 모든 재산을 팔아 돈으로 바꾼 다음, 남몰래 땅속에 묻었다. 그리고는 매일 밤 그 돈을 묻어둔 곳을 바라보는 일로 즐거움을 삼았다.

이러한 행동을 이상하게 생각하고 지켜본 사람이 그 땅속에 보물이 묻혀있다는 사실을 알게 되었다. 어느 날 기회를 틈타 주인 몰래 돈을 모두 파내 가지고 도망쳐버렸다.

하룻밤 사이에 돈이 없어진 사실을 안 그 사람은 땅을 치며 통곡하였다.

이 광경을 본 이웃사람이 까닭을 물었다. 그는 어떤 도움이라도 될까 싶어 자초지종을 말해주었다.

사연을 듣고 난 이웃사람은 이렇게 위로의 말을 해주었다.

"그렇게 슬퍼할 일은 아닌 것 같소. 당신이 돈을 가지고 있었다고 는 하나 실제로 돈을 가졌던 것은 아니잖소. 그러니 돈 대신 원하 는 액수만큼의 돌을 땅속 깊이 묻고, 그만큼 가진 것이라고 생각하 면 될 것이오. 왜냐하면 당신은 전에 돈을 가졌으면서도 쓸 줄 몰 랐으니 돈은 있으나마나 했던 거요."

농부의 거짓말

한 농부가 임종을 맞았다. 농사를 천직으로 알고 살아온 그는 자식들에게도 농사일을 시키고 싶었다.

그러나 아무리 생각해보아도 자식들은 농사에 성의가 없는 것 같아보였다. 그래서 그는 죽음을 앞에 놓고 마지막으로 자신의 소원을 자식들에게 들려주기로 마음먹었다.

물론 농부의 소원은 자식들이 자신의 뒤를 이어 열심히 땅을 일구어 농사짓는 일이었다. 하지만 무조건 땅이나 파라면 따라줄 것 같지 않았다.

"너희들은 잘 들어라. 내가 죽거든 포도밭에 묻어둔 것을 찾도록 해라. 잘 찾아보면 그 밭에서 너희들이 평생 먹고 살 보물이 나올 것이다.”

이런 유언을 남기고 숨을 거둔 아버지의 말을 좇아 자식들은 포도밭을 열심히 파헤쳤다. 이렇게 보물을 찾아 밭을 파헤친 대가로 그 해부터 아버지가 농사지을 때보다도 몇 갑절이나 더 많은 수확을 걷을 수 있었다.

책은 명약

영국의 성직자 제레미 코리아는 이렇게 말했다.

"책은 젊은이에게는 삶의 반려자로, 늙은이에게는 휴식을 가져다 주는 오락과 같다. 고독할 때 마음의 지주가 되고, 고통의 짐을 덜어주기도 한다. 뜻대로 안 되는 인간관계나 다툼을 슬기롭게 해결해주는 명약이다."

또 리차드 베리는 <책사랑>이란 글을 통해 그의 견해를 밝혔다.

'책은 회초리나 막대기로 때리지도 않고, 고함도 치지 않는 영혼의 스승이다. 언제 어느 때건 만나고 싶으면 자유롭게 만날 수 있는 다정한 친구와 같다. 잠을 자지 않기 때문에 언제든 상의하고 질문할 수 있다. 책은 아무것도 감추지 않고 정직하게 가르쳐준다. 책이 말하는 것을 오해해도 책은 아무런 불평도 하지 않는다. 내가 무식해도 책은 비웃지 않는다.'

장님의 등불

54

달도 별도 뜨지 않은 캄캄한 밤, 호젓한 골목길을 한 사내가 걸어
가고 있었다. 그때 반대편에서 등불을 켜든 사람이 마주 걸어왔다.
그는 앞을 못 보는 장님이었다. 이에 이상하게 생각한 사내는 장
님에게 말을 건넸다.

"여보시오, 당신은 앞을 못 보는데 왜 등불은 들고 다니십니까?"

그러자 장님은 태연하게 대답했다.

"눈 뜬 사람들에게 내가 걸어가고 있다는 사실을 알도록 하는 것
이지요."

침착한 공주의 지혜

어느 나라의 공주가 악당에게 붙들려 높은 탑 꼭대기 작은 방에 갇혔다. 단 하나뿐인 계단은 이미 악당이 없애버려 날개라도 달지 않는 한 그 탑에서 탈출할 수가 없었다.

공주의 충성스런 호위병은 어쩔 줄 모르며 탑 아래서 지키고 있었다.

공주는 호위병을 향해 소리쳤다.

"내일 이 시각에 탑 아래로 다시 와 주세요."

그런 다음 공주는 입고 있던 비단옷을 풀어 가느다란 실을 만들었다.

다음날 공주는 그 비단실을 탑 아래로 내려뜨리고 호위병에게 분부했다.

"이보다 굵은 실을 구해 이 끝에 이어주세요."

호위병은 공주가 시키는 대로 굵은 실을 가져와 비단실 끝에 이었다.

공주는 그 실을 끌어올리며 호위병에게 말했다.

"다음에는 이보다 좀 더 굵은 실을 갖다 주세요."

공주는 비단실과 조금 굵은 실을 땋아 그 끝에 더 굵은 실을 묶게 했다.

이렇게 공주는 날마다 더 굵은 실을 가져오게 하여 마침내 튼튼한 밧줄을 높은 탑 꼭대기까지 끌어올리는데 성공했다.

이윽고 노력 끝에 공주는 그 굵은 밧줄을 타고 무사히 탑에서 탈출할 수 있었다.

네눈박이

중남미 대륙에는 눈이 네 개인 물고기가 있다. 이 물고기는 수면을 따라 헤엄치면서 위의 두 눈은 물 위를 보고 아래의 두 눈은 물밑을 본다. 신기하게도 눈이 이중초점으로 되어 있어서 동시에 위아래를 본다.

물고기의 눈은 보통 180도를 볼 수 있기 때문에 이 '네눈박이'는 아래위를 동시에 보는 360도의 렌즈를 가진 셈이다.

하늘에서 내려다 본 그림은 새가 바라본 그림이라고 해서 조감도鳥瞰圖라 부르고, 물속에서 올려다 본 그림은 물고기의 눈으로 본 그림이라고 해서 어안도魚眼圖라고 부른다. 이 물고기는 두 가지의 그림을 다 볼 수 있는 셈이다.

<갈매기의 꿈>이라는 책에 '높이 나는 새가 멀리 본다.'는 말이 나오는데, 이 새의 눈과 이 네눈박이의 눈과 야누스의 눈을 가질 수만 있다면…….

chapter 5
인생

♣ 인생은 하나의 경험이다. 그러므로 경험이 많을수록 더 훌륭한 사람이 된다. —— 에머슨

인생은 편도

57

'인생에는 왕복차표가 없다. 한 번 떠나버리면 다시는 돌아올 수 없다.'

'인생을 다시 시작할 수 있다면……'

'그때 그 시절로 다시 돌아갈 수만 있다면……'

이렇게 한탄하는 사람이 있지만, 인생은 수정이 불가능하다.

잘못 쓴 문장을 다시 고쳐 쓰듯 인생도 추고, 퇴고할 수 있다면, 우리의 삶을 잘못된 활자를 찾아내듯 교정할 수만 있다면 누구나 멋진 인생을 다시 꾸밀 수 있을 것이다.

그러나 태어날 때 받은 인생이란 차표는 한 번 떠나면 다시는 돌아올 수 없는 길을 종점(죽음)까지만 태워다 준다.

'실패가 적은 인생, 후회가 없는 인생'을 살려면 얼마나 빨리 자신의 삶에 대해 충고나 수정을 가하고, 어떻게 교정을 바르게 보느냐는 노력여하에 달려있다고 할 것이다.

진인眞人

'처연凄然하여 가을 같고 난연煖然하여 봄과 같다.'

 가을이 되어 쓸쓸해지면 사람의 마음도 쓸쓸해진다. 봄이 되어 따뜻해지면 사람의 마음 역시 봄같이 따뜻해진다.
 그러므로 사람이 기뻐하는 것이나 화를 내는 것이나 슬퍼하는 것이나 즐거워하는 것이나 모두 자연의 변화와 통하게 된다. 이런 사람을 가리켜 장자는 진인眞人이라고 말한다.

 어쨌든 범인범부凡人凡夫는 나쁜 짓을 해본 경험도 없고 특별히 마음을 상하게 한 적이 없다고 해도 웬일인지 과거가 후회되고 또 앞날이 걱정된다.

 <논어>에 '소인은 항상 척척戚戚하다'고 했는데, 마음의 평화를 얻

지 못한 자는 항상 신경만 쓴다는 뜻이다. 그런데 장자가 말한 것처럼 자연의 물결과 더불어 마음을 쓴다면 그럴 필요가 전혀 없다.

 그래서 장자는 '지인至人이 마음을 쓰는 데는 거울과 같다. 미리 앞일을 걱정하지 않는다.'고 한다.

 이는 '지나간 과거 일을 후회하지 마라. 미리 장래의 일을 걱정하지 마라'는 매우 훌륭한 교훈이다.

인간은 한 바다의 섬

린드버그 여사가 쓴 〈바다의 선물〉이란 책에 다음과 같은 구절이 나오는데 그 내용이 우리들 마음에 작은 감동을 준다.

'인간은 모두 섬인데, 같은 바다에 있다.'

린드버그 여사는 최초로 대서양횡단 비행에 성공한 비행사 린드버그의 부인으로 그녀가 쓴 〈바다의 선물〉은 한 때 베스트셀러가 된 수필집이다.

한적한 섬 바닷가에서 휴가를 보내며, 단조로운 일상 속에서 구두끈을 매는 일, 조개를 줍는 일 등 아주 사소한 시간의 편린들을 담담하게 관조한 내용으로 많은 이들에게 삶의 의미를 부여하고 있다.

'섬이란 얼마나 아름다운 곳인가, 내가 지금 존재하고 공상에 젖어 있는 공간적인 섬도 좋다. 몇 마일이고 계속되는 바다에 둘러싸인 채 섬과 육지를 연결하는 다리도 전화도 없이 섬은 세계와 인간생활로부터 떨어져있다. 또한 시간적인 의미의 섬도 좋다. 우리 인간은 모두 섬인데 단지 하나의 같은 바다에 있다고 생각한다.'

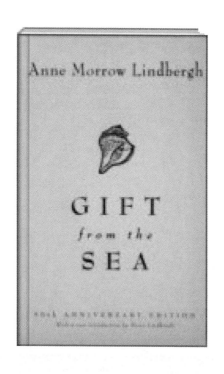

▲ 앤 모로 린드버그가 쓴 책 <바다의 선물> 원서 표지

호접몽 胡蝶夢

60

어느 화창한 봄날, 장자莊子는 양지바른 창가 작은 책상 앞에 앉아 있었는데, 어느 사이엔가 잠이 들었고, 그 동안 자신은 나비가 되어버렸다. 그러자 나비는 장자 자신이 되었고, 장자가 나비가 되었다는 생각은 완전히 사라져버렸다. 그런 형상 속에서 얼마간의 시간이 지나 눈을 뜨자, 그 나비는 어느 사이에 생전의 장자로 되돌아가 있었다.

장자가 나비가 된 것일까? 아니면 나비가 장자가 된 것일까? 모두 꿈이었을까? 아무래도 그 점을 알 수 없었다.

인간은 꿈을 꾸는 동안만은 그 사실을 모른다. 그래서 꿈속에서, 또 한편으로는 그 꿈을 통해 길흉을 점친다.

잠에서 깨어나 그것이 꿈이었음을 깨닫게 되는 순간, 비로소 인간 모두에게는 이 세상이 하나의 큰 꿈이라는 사실을 깨닫게 된다.

생명은 자연의 기적

61

창밖에 나무 한 그루가 서있는데, 늘 줄기가 안쪽으로 뻗어있다. 나는 겨울을 보내고 여름이 오면 이 나무의 성장에 관심을 갖고 바라보기를 즐긴다. 왜냐하면 나무에게서 삶의 모습을 발견하기 때문이다.

낙엽마저 다 잃어버린 헐벗은 나뭇가지는 회색의 움으로 고요히 봄을 기다린다. 머지않아 겨울을 인내로 견뎌온 생명의 결정체인 갈색의 조그만 싹으로 눈을 떠서 꽃포기가 되어 무성한 여름을 보내고 가을이 되면 불그레한 열매로 익을 것이다. 그러면 열매마다 새 생명의 싹이 간직되고, 나무로 자랄 것이다. 여러 세대를 두고 이렇게 계속 반복될 것이다.

이처럼 평범한 일은 없겠지만, 또 이처럼 놀라운 변화도 없다. 나무가 하는 일처럼 모든 생명은 영원히 되풀이되어야한다. 그것은 자연의 기적이며 비밀이다.

윤회

머지않아 모든 것은 하나씩 사라져 갈 것이다.

어리석고 천재적인 전쟁도, 적을 향해 악마처럼 퍼져나가는 독가스도, 견고한 콘크리트의 광야도, 그리고 덤불의 가시보다 더 날카로운 철조망도, 수많은 인간들이 괴로움에 떨며 쓰러지는 죽음의 요람도, 무분별하게 지능을 쏟고 무한한 노고로 비열한 계교를 써서 쌓은 성공의 탑도, 땅과 하늘과 바다에 쳐 놓은 죽음의 그물도 머지않아 사라져갈 것이다.

그 때 세계의 역사는 끝난다. 피와 경련과 허위와 홍수와 함께 과장된 역사는 쓰레기가 떠가는 강물처럼 세계의 수많은 표정은 사라지고 끝없는 탐욕도 가라앉고 인간들은 잊혀져갈 것이다.

하지만 인간의 역사가 사라져간 뒷자리에 어김없이 산은 푸른 하늘에 머리를 묻고 밤마다 별은 빛날 것이다. 쌍둥이자리, 카시오페이아, 큰곰자리, 이것들은 스스럼없이 운행을 반복하고 나뭇잎, 풀

잎은 은색의 아침이슬에 빛나고 밝은 날을 향하여 푸름을 더할 것이다.

그리고 끝없이 불어오는 바람 속에서 파도는 바위와 모래언덕으로 물결칠 것이다.

스콧의 교훈

63

시간이란 지나가면 되찾을 수 없는 특이한 순간의 역사이다. 지금 이 순간은 지나가면 영원히 돌아오지 않는다. 그러므로 우리는 이 평범한 진리를 깊이 깨닫고 오늘을 소중하게 살아야 한다.

한 청년이 학업을 마치고 사회에 진출하기 위해 그 당시의 유명 작가 스콧을 찾아갔다. 자신의 장래에 도움이 될 만한 교훈의 말을 청했다.

그러자 스콧은 그 자리에서 다음과 같은 글을 써주었다.
'시간을 낭비하지 마라. 무엇인가 해야 할 일이 생기면 지체 없이 하라. 일을 끝낸 뒤에는 여가를 즐겨라. 일이 끝나기 전에 놀이에 빠져서는 안 된다. 왜냐하면 일이란 군대행렬과 같아서 전방부대가 공격을 받으면 그 뒤를 따르는 후방부대마저 혼란에 빠지는 것은 당연하기 때문이다. 일도 이와 같다. 처음 손에 잡은 일을 신속하게 처리하지 않으면 밀리게 되어 결국에는 조급한 마음에 맡은 일을 제대로 처리할 수 없게 된다.'

 이를 명심하여 자신의 삶을 게을리 하지 않은 청년은 훗날 크게 성공하였다.

▲ 월터 스콧(1771. 8. 15 ~ 1832. 9. 21)

아내의 진실

언제나 작은 머리를 맞대고 있는 정겨운 비둘기의 모습, 그 금슬 좋은 한 쌍. 수비둘기는 부지런히 먹을 것을 물어다가 둥우리에 가득 채웠다. 이만하면 우리 비둘기 부부가 편안히 겨울을 지낼 수 있겠지 하는 마음에 만족스러웠다.

하지만 햇볕을 쬔 먹이는 말라버려 그 양이 부쩍 줄어들었다. 수놈은 참다못해 화를 냈다.

"얼마나 고생하며 물어온 먹이인데 혼자 몰래 먹어버렸어?"

암놈은 너무 억울해서 열심히 해명했으나 성미가 급한 수놈은 말도 채 듣지 않고 주둥이로 쪼아서 암놈을 내쫓아버렸다.

며칠 후 큰 비가 내렸다. 그러자 먹을 것이 물에 불어 본래의 크기로 부풀어 올랐다. 비로소 진실을 깨달은 수비둘기는 자신의 잘못을 크게 뉘우치고 눈물을 흘렸다.

"아내가 먹지 않은 것을 내가 참지 못하고 내쫓았으니……."

어리석은 욕심

어느 날 장자는 밤나무 숲으로 사냥을 나갔다.

그때 처음 보는 커다란 새 한 마리가 유유히 날고 있었다.

그 새는 장자가 활로 자기를 겨냥하고 있는 줄 모르는지 장자 쪽으로 더 가까이 날아오더니 나뭇가지 위에 앉았다. 찬찬히 살펴보니 그 새는 사마귀를 노리고 있었다.

한편 사마귀는 자기를 덮치려는 새를 보지 못하고 앞발을 쳐들고 뭔가를 노려보고 있지 않은가! 사마귀가 노리는 걸 가만히 살펴보니 매미가 서늘한 그늘 아래서 멋들어지게 노래 부르고 있었다.

이 모습을 본 장자는 비로소 크게 한숨을 지었다.

"어허, 어리석도다. 세상의 모든 것은 눈앞의 욕심 때문에 자기를 잊고 있구나. 이것이 만물의 참 모습일까?"

실패의 원인은 잘못된 교육

인생은 실패와 좌절의 연속이다. 그 중요한 원인은 자연이나 운명에 있는 것이 아니라, 우리 자신의 잘못된 교육과 지식에 책임이 있다. 우리 인간은 거대한 조직체를 만들기에 열중하고 그 속에 스스로를 얽매어놓고 끊임없이 분규와 혼란에 빠진다. 또 우리는 여러 가지로 힘의 비결을 발견하고는 믿을 수 없을 만큼 초월된 자연의 법칙까지 지배하려고 허망한 야욕에 매달린다. 하지만 정작 우리 자신은 그 자연의 힘에 노예가 되거나 희생물이 되고 만다.

사자死者와 동전 한 닢

67

그리스신화에는 타르타로스(Tartarus)라는 지옥과 엘리시온(Elysion)이라는 낙원이 있다.

타르타로스 주변에는 여러 갈래의 강이 흐르고 있는데, 그 중 아케로 강에는 카론이란 나룻배 사공이 있다. 이 사공에게 동전 한 닢의 배 삯을 치르지 못하면 강을 건널 수 없다. 그래서 죽은 사람의 입에 동전을 한 개씩 넣어주게 되었다고 한다. 하지만 객사했거나 가난하게 죽은 영혼들은 동전이 없어 이 강을 건너지 못해 정처 없이 떠돈다는 것이다.

순간

미래를 내다보고, 내일을 계획하고, 희망을 꿈꾸는 것은 모두 삶에 절대적으로 필요한 조건들이다. 그러나 인간은 미래만 위해서 사는 존재가 아니다. 현재라는 시간의 흐름 속에서 삶을 영위한다.

시간은 순간의 연속이다. 그러므로 인간은 시간 속에서 살아가는 존재이며, 현재를 경험하는 순간 속에서 의미를 찾는 특별한 존재다.

순간은 인간만이 느낄 수 있는 의식의 반복을 통해 관념 속에서 싹트고 꽃이 핀다. 의식적 존재인 인간에게는 현재뿐 아니라 과거도 함께 지나가고 있다.

또 헤아릴 수 없는 영혼의 깊이를 가지고, 눈에 보이지는 않지만 미래를 향해 부단히 움직이는 흐름의 존재이다. 우리의 힘으로 헤아릴 수 없는 삶의 신비가 바로 여기에 존재한다.

강물 같은 삶

69

삶의 모습은 강물과 같다. 잠시도 쉬지 않고 움직인다. 어떤 때는 여름과 같다. 냇물은 말라버리고 메마른 바닥은 생존의 여백만큼 고독하다.

또 어떤 때는 우기를 맞아 둑이란 둑을 모두 무너뜨리고 사방으로 흘러나와 큰 바다를 이루기도 한다.

이렇듯 삶이란 빈 곳을 채워주는 게 순리다. 그러므로 삶을 투쟁으로 보아서는 안 된다. 우리의 삶이란 각자의 인생을 축하하기 위해서 흐르는 것이다.

삶은 하나의 시, 하나의 노래, 하나의 춤이다.

잠의 미학

잠은 작은 죽음과도 같다고 한다. 잠은 어둠과 침묵과 후퇴의 시간이다. 어두운 침묵 속에서 잠은 신선한 내일을 준비한다. 죽음에 권태를 느낀 자, 피곤한 자, 괴로운 자의 최후의 안식이다.

죽음은 새로운 세계를 통해서 신생의 길을 준비한다. 죽음은 모든 주권과 세력, 동맥이 경화된 독단적인 체계, 사물의 질서를 정화시키는 견고한 제도와 세력을 제거한다. 그러므로 잠은 모든 사람을 평등하게 만든다고 말할 수 있다.

chapter 6

처세

♣ 극단을 피하라. 마땅한 이유가 있다고 생각되면 손해를 입은 사람의 분노를 기꺼이 참아 넘겨라. —— 프랭클린

공직자의 4불3거

우리 선조들은 '사불삼거四不三据'라는 불문율을 지킴으로서 청렴을 생활신조로 삼고 공직자의 임무를 수행하였다.

4불四不

- 부업을 가져서는 안 된다.
- 재임 중에 땅을 사면 안 된다.
- 집을 늘려서는 안 된다.
- 재임 중에 명품을 탐하면 안 된다.

3거三据

- 윗사람이나 권력가의 부낭한 요구를 거절한다.
- 청탁을 들어준 답례를 거절한다.
- 경조, 애사의 부조를 받지 않는다.

욕망이란 그릇

72

욕망은 채워지는 법이 없다. 그것은 본성으로 채워지는 것이 아니다. 그러나 아주 작은 욕망은 채워질 수 있다. 하지만 또 다른 수천이나 되는 욕망이 생겨난다.

욕망이라는 것은 한 번 그것을 좇았다하면 결코 멈출 수 없는 무지개와 같다. 그러나 당신이 이를 이해하게 되면 바로 지금 당장이라도 멈출 수 있다.

프랭클린의 제2의 천성

73

"나는 타인의 의견에 정면으로 반대한다든지, 내 의견을 단정적으로 표현하는 일은 삼가기로 했다. 예컨대 '확실히', '의심할 바 없이'와 같은 결정적인 말을 사용하는 대신 '제 생각은 이렇습니다만, 그러나……' 하는 식으로 의사를 소통할 것이다. 상대의 잘못이 분명한 경우에도 곧바로 반대하거나 지적하지 않고 '그런 경우도 있겠군요. 그렇지만 이 경우는 좀 사정이 다르다고 생각합니다.'하고 말머리를 돌리는 것이다. 처음에는 흥분을 자제하기 어려웠지만, 이제는 아주 익숙해졌다. 50여 년 동안 나에게서 독단적인 발언을 들은 사람은 아마 거의 없을 것이다. 제2의 천성이 된 이 방법으로 나는 많은 일을 할 수 있었다."

미국의 교육자이며 사회운동가인 벤자민 프랭클린(Benjamin Franklin)의 말이다.

'여봐라'와 '여보게'

 두 양반이 귀가 길에 고기를 사게 되었다. 푸줏간에서는 나이가
많이 들어 보이는 백정이 이들을 맞았다.

"여봐라, 고기 한 근만 다오."
"예, 그러지요."

 함께 온 다른 양반은 백정이 천한 신분이기는 해도 나이가 많아
보여 함부로 말할 수가 없었다.

"여보게, 나도 고기 한 근 주게나."
"예, 그렇게 하겠습니다."

 조금 전보다 매우 공손한 태도로 저울을 넉넉하게 달아주었다.

"이놈아, 같은 한 근인데, 어째서 이 사람 것은 많고 내 것은 적단 말이냐?"

불같은 호령에도 나이 많은 백정은 태연했다.

"예, 별것 아닙니다. 그야 손님 고기는 '여봐라'가 자른 것이고, 이 분의 고기는 '여보게'가 잘랐을 뿐입니다."

▲ 신윤복 '상춘야흥'

명심할 것

'볼 때는 명明을, 들을 때는 청聽을, 색色은 온溫을, 모貌는 공恭을, 언言은 충忠을, 사事는 경敬을, 의심스러울 때는 문問을, 분할 때는 난難을, 득得을 보면 의義를 생각하라.

1. 시각에 있어서는 명민할 것
2. 청각에 있어서는 예민할 것
3. 표정에 있어서는 부드러울 것
4. 태도에 있어서는 성실할 것
5. 발언에 있어서는 충실할 것
6. 행동에 있어서는 신중할 것
7. 의심스러운 일이 있을 때는 자세히 살펴볼 것
8. 감정에 이끌려 미혹되지 말 것
9. 이득을 보면 반드시 의를 잊지 말 것

진실한 말의 효과

어리석은 사람들은 지혜로운 사람들에 대한 열등감에서 벗어나고자 거친 말과 험담을 일삼는다.

거친 말은 날카로운 칼과 같고 탐욕은 독약이며 노여움은 사나운 불꽃이고 무지함은 더없는 어둠이다.

그러므로 옳은 인생의 길로 인도하는 데는 진실한 말이 최고이며, 이 세상의 모든 등불 가운데 진실의 등불이 최고이며, 세상의 모든 병을 치료하는 약 중에 진실한 말이라는 약이 으뜸이다. 자신과 남을 위하여, 그리고 돈과 향락을 위하여 거짓을 말하지 않으면 그것이 곧 깨달음에 이르는 길이다.

입과 관련된 명언

중구훼예 부석침목 衆口毀譽 浮石沈木

많은 입은 남을 해치는데 돌을 뜨게도 하고 나무를 가라앉게도
한다.

일체중생 화종구생 一切衆生 禍從口生

모든 사람의 화근은 입에서 생긴다.

병종구입 病從口入

병은 입으로 들어온다.

시비지위다개구 是非只爲多開口

모든 시비는 말이 너무 많아 생긴다.

구시상인부 口是傷人斧

입은 사람에게 상처를 입히는 도끼와 같다.

구유밀복유검 口有密復有劍

말이 꿀같이 달콤하면 뱃속에 칼이 있다.

무이유언 이속간원 無異由言 耳屬干垣

함부로 말하지 마라. 담벼락에도 귀가 있다.

수구여병 방의여성 守口如甁 防意如城

입을 병처럼 지키고, 뜻을 성처럼 지켜라.

부지이언부지 지이불언불충 不知而言不智 知而不言不忠

알지 못하면서 말하는 것은 무식을 드러내는 것이고, 알면서도 말하지 않는 것은 불충이다.

갈대의 처신

넓은 평원에는 갈대숲이 이어져있고 주위에는 올리브나무가 많았다. 갈대와 올리브나무는 태풍이 불어와도 끄떡 안 한다고 싸우듯 서로 장담하였다.

서로의 장담이 너무 지나쳐 말다툼이 벌어졌다.

"갈대의 마음이라더니, 너는 바람이 조금만 불어도 머리를 숙이잖니!"
올리브나무가 빈정거리듯이 놀려댔다.

갈대는 아무 대답도 하지 않았다. 조용한 갈대의 모습이 호수에 비쳤다.

얼마 후 태풍이 불어왔다. 그러자 갈대는 부드럽게 고개를 숙이고 자세를 낮추어 바람을 피했다.

그러나 올리브나무는 세찬 폭풍을 피하지 않고 맞섰다. 결국 뿌리째 뽑혀버렸다.

생명이 있는 것들은 남을 부러워하기보다 자신에 대한 만족감에 젖어있을 때가 더 행복한 순간인지도 모른다.

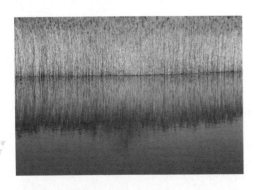

◀ 물에 비친 갈대

◀ 홀로 꼿꼿한 올리브

큰 인물이 갖출 조건

79

　큰 인물은 다음의 여덟 가지 조건, 즉 소욕少慾, 자족自足, 적정寂靜, 원리遠離, 정진精進, 선정禪定, 지혜知慧, 무애無碍를 갖추어야 한다.

　첫째, 소욕少慾, 욕심이 적은 것

　둘째, 자족自足, 만족을 아는 것

　셋째, 적정寂靜, 고요하게 안정된 것

　넷째, 원리遠離, 삿됨과 번뇌를 여의는 것

　다섯째, 정진精進, 부지런히 노력하는　것

　여섯째, 선정禪定, 마음이 산란하지 않은 것

　일곱째, 지혜知慧, 일체를 아는 것

　여덟째, 무애無碍, 세상사에 거리낌이 없는 것

마호메트의 그릇

어느 날 마호메트가 낮잠을 자다가 눈을 떠보니 고양이 한 마리가 자기 옷자락 위에서 자고 있었다. 마호메트는 손짓으로 제자를 불러 가위를 가져오게 하더니 옷자락을 잘라 고양이가 그대로 자게하고는 가만히 자리에서 일어났다고 한다.

인간의 그릇을 알게 하는 것은 여러 가지가 있다. 사랑과 관용과 타인에 대한 배려에 따라 그릇의 크기는 달라진다. 자기 것만 챙기는 사람, 남의 입장을 이해하지 못하는 사람이 큰 인물이 된 경우는 드물다.

여왕과 아내

영국의 빅토리아 여왕이 어느 날 남편인 앨버트 경과 말다툼을 했다. 가장으로서 앨버트 경은 매우 화가 났으나 상대가 아내라는 관계를 떠나 한 나라의 여왕이므로 감정을 억누르고 자신의 거실로 들어갔다.

한편 여왕도 자신의 처사가 심한 것 같아 미안한 마음이 들었다. 그래서 조용히 남편의 거실 문을 노크했다.

"누구요?"

"여왕입니다."

빅토리아 여왕은 위엄을 갖추고 대답했다. 그러나 문은 열리지 않았다. 얼마 동안을 기다렸지만 아무런 기척도 없었다.

"어서 문 열어욧!"

더 이상 참지 못한 여왕은 흥분하여 명령하듯 소리쳤다.

"누구요!"

또 누구인가 물었다.

"영국 여왕 빅토리아예요."

여왕은 다소 감정을 누그러뜨리고 말했다. 그러나 문은 굳게 닫혀 있을 뿐이었다.

이제 여왕은 당황하기 시작했다. 그녀는 한참을 서성이다 여성스러운 음성으로 말했다.

"제발 문 열어요. 저는 당신의 아내입니다."

그러자 문이 열렸다.

▲ 빅토리아 영국 여왕과 남편 앨버트 경

타인은 우리 마음속의 모습

어느 날 한 젊은이가 자기 마을에서 멀리 떨어진 오아시스에 갔다.

나무그늘에 앉아 쉬고 있는 노인에게 다가가 젊은이가 물었다.

"이곳에 사는 사람들은 어떤 사람들입니까?"

젊은이의 질문을 받은 노인이 되물었다.

"자네가 살고 있는 곳의 사람들은 어떤 사람들이지?"

"말도 마십시오. 그곳 사람들은 모두가 이기적이고 제멋대로 사는 사람들뿐입니다. 그곳을 떠나온 것이 정말 다행이라 생각합니다."

젊은이의 말을 들은 노인이 말했다.

"이곳 사람들도 그와 같을 게야."

노인은 오아시스에 계속 머물고 있었다.

얼마 후 다른 젊은이가 물을 찾아 그 오아시스에 들렀다가 노인에게 같은 질문을 했다.

"이곳에 사는 사람들은 어떤 사람들입니까?"

노인은 그 젊은이에게도 되물었다.

"자네가 살고 있는 곳의 사람들은 어떤 사람들이지?"

"모두가 좋은 사람들입니다. 정직하고 인정이 많고 친절하지요. 그들과 헤어져 살고 싶지 않습니다."

젊은이의 말을 듣고 노인이 말했다.

"이곳 사람들도 그와 같을 게야."

오아시스 한 편에서 이 두 이야기를 처음부터 듣고 있던 사람이 있었다. 그 사람은 노인에게 퉁명스럽게 말했다.

"두 젊은이가 같은 것을 물었는데 왜 당신은 각각 다른 대답을 했지요?"

이 말을 듣고 현명한 노인은 조용히 대답했다.

"알겠는가? 사람들은 모두 자기가 만든 환경 속에서 생활하고 있다네. 먼저 살던 곳을 나쁘게 생각하는 사람은 이곳에 와서도 역시 좋을 수 없지. 그러나 먼저 살던 곳에서 좋은 사람을 많이 사귀었던 사람은 이곳에 와서도 역시 많은 벗을 사귀게 될 거야. 타인이라는 존재는 우리들이 마음속에 생각하고 있는 대로의 모습으로 우리 앞에 나타나는 걸세. '구하라, 그러면 얻게 되리라.'라고 말하고 싶네."

어떤 거래

어느 마을에서 제일가는 부자가 강을 건너고 있었다.

이미 강은 홍수로 범람한 데다 거센 바람까지 불고 있었다. 강 한복판에서 부자가 탄 배가 뒤집혀버렸다. 사공은 겨우 헤엄쳐 나올 수 있었으나 부자를 구하지는 못했다. 결국 부자는 물에 빠져 죽었다.

그래서 큰 수색작업이 벌어졌다. 고생 끝에 한 어부가 부자의 시신을 찾아냈다.

어부는 유가족에게 엄청난 값을 요구했다. 그리고 그 이하의 값으로는 절대 시체를 내주지 않겠다고 했다. 유가족은 그렇게 많은 돈을 지불할 마음이 없었다.

'그저 시체 아닌가.'

그래서 그들은 어느 이론가이자 변호사이자 법률상담가인 한 사람을 찾아가 어떻게 하면 좋을지 그 해결책을 물었다.

변호사는 말했다.

"걱정하지 마십시오. 먼저 수수료를 주시오. 그런 다음에 방법을 가르쳐 드리리다."

그리하여 변호사는 보수를 먼저 받고 나더니 이렇게 말했다.

"그대로 조금만 기다리시오. 그 작자도 시체를 다른 사람한테 팔 수야 없지 않겠소? 그러니 끝내는 내주지 않을 수 없을 게요. 어느 누구도 그런 시체를 살 턱이 없으니까요. 그러니 조금만 기다리시오."

2, 3일이 지났다. 유가족은 그의 조언에 따랐다. 한편 어부는 걱정이 되기 시작했다. 벌써 시체에서 악취가 나기 시작했기 때문이다. 어부 역시 이쯤에서 마음이 꺾이어 얼마가 되건 저쪽에서 주는 대로 받는 것이 낫겠다는 생각이 들었다.

다른 사람이 부자의 시체를 살 턱이 없지 않은가? 그 역시 그것만큼은 알고 있었다. 그렇다면 싸게 팔아도 되지 않는가? 그러나 결정에 앞서 법률가를 찾아갔다.

같은 변호사였다. 그가 말했다.

"먼저 수수료를 내시오. 그러면 조언해 드리리다."

그는 보수를 받고 나더니 말했다.

"그대로 있으시오. 유가속이 시체를 다른 사람에게 살 수는 없지 않소. 그들은 당신의 요구를 받아들이지 않을 수 없을 거요."

조삼모사朝三暮四

84

중국 송나라 때 저공豬公이라는 사람이 원숭이 여러 마리를 사육하고 있었는데 먹이에 많은 돈이 들어 생활이 어려운 지경에까지 이르렀다.

저공은 어느 날 원숭이들을 불러 모으고 말했다.

"오늘부터 너희들에게 주는 도토리를 아침에는 세 개, 저녁에는 네 개를 주겠다."

그러자 원숭이들은 화를 내며 소란을 피웠다.

"그렇다면 아침에는 네 개, 저녁에는 세 개를 주겠다."

비로소 원숭이들은 좋아하더라는 것이다.

이 '조삼모사朝三暮四' 우화는 〈장자〉와 〈열자〉 두 책에 나오는데, 장자는 눈앞의 이익에만 눈이 어두워 사물의 본질을 꿰뚫어보지 못하는 어리석음을 비유한 것이라 했고, 열자는 윗사람이 아랫사람을 교묘하게 조종하는 기술이라 해석하였다.

chapter 7
처세 II

♣ 구시상인부 언시할설도 口是傷人斧 言是割舌刀 : 입은 사람을 상하게 하는 도끼와 같고 말은 혀를 베는 칼과 같다. —— 명심보감

소크라테스의 변명

소크라테스의 아내는 악처로 이름 높다. 그는 아내로부터 악담과 욕설은 물론, 폭행까지 당했다는 믿기 어려운 이야기가 전한다. 위대한 철학자가 그와 같은 악처에게 시달리면서 고생할 필요가 어디에 있느냐고 세인들의 입에 오르내렸다.

"선생님은 무엇 때문에 악한 여자를 아내로 삼고 사십니까?"

이에 소크라테스는 조용히 대답해주었다.

"훌륭한 기수는 성질이 사나운 말을 택하는 법이지요. 왜 그런가 하면, 그런 고약한 말을 잘 달래서 탈 수 있는 사람이라면 다른 어떤 말도 탈 수 있기 때문이지요. 지금의 나 역시 아내 크산티페를 잘 달랠 수만 있다면, 유별난 성격의 사람이라도 잘 다룰 수 있을 것입니다."

소크라테스의 말을 들은 그 사람은 새로운 진리를 깨닫고 발걸음을 돌렸다고 한다.

연독이위경緣督以爲經

86

<장자> 양생주편에서 양생주養生主라 함은 보편적으로 육체를 기르는 양생의 도를 말한다.

그와는 별도로 '위선僞善하되 이름名譽에 가까이 하지 말며, 위악僞惡도 형形에 가까이 해서는 안 된다.'라는 말이 있다.

즉 착한 일을 해도 명예를 바랄 정도로 해서는 안 되며, 또한 악한 일을 한다 해도 형벌을 받을 정도까지 해서는 안 된다는 것이다.

그러면 어떻게 해야 하는가?

'연독이위경緣督以爲經하다.'

이렇게 하면 '보신保身되고, 생을 바르게 하며, 천수天壽를 다할 수 있다.'라고 맺고 있다.

　여기서 '연독이위경'이라 함은 무슨 일이나 더도 덜도 말고 중용中庸을 지킨다는 뜻이다.

　위에서도 말했듯이 착한 일을 해도 명예를 얻을 정도로는 하지 말고, 비록 악한 일은 한다 해도 벌을 받을 정도까지는 하지 마라는 뜻이다.

이웃

87

멕시코의 전설에 이시드로라는 농부 이야기가 나온다.

이시드로가 열심히 밭을 갈고 있는데, 천사가 나타나 말했다.

"하느님께서 당신을 보자고 하시는데, 나하고 같이 갑시다."

농부는 하는 일이 바쁘다며 거절했다.

얼마 후 천사가 다시 와서 말했다.

"하느님께서 매우 노하셨습니다. 지금 당장 오지 않으면 큰 바람을 보내고 가뭄을 주어 농사를 망칠 거라고 하십니다."

하지만 농부 이시드로는 태풍을 이겨냈고, 가뭄에는 강에서 물을 끌어댔기 때문에 겁이 나지 않았다. 그래서 또 거절했다.

다시 천사가 나타나 말했다.

"만일 이번에도 오지 않으면 당신에게 나쁜 이웃을 보내겠다고 하셨소."

그러자 이시드로는 일손을 멈추며 조용히 말했다.

"같이 가겠습니다. 그것만은 참을 수가 없으니까요."

우리는 흔히 먼 친척보다 가까운 이웃이 더 낫다고 한다. 이웃사촌이라는 말은 사촌처럼 가깝다는 뜻이다. 이시드로는 이웃이 소중했던 것이다.

부부생활 아이디어

'부부싸움은 칼로 물 베기'라고 한다. 그만큼 화해를 하기 쉽다는 뜻이지만, 때로는 돌이킬 수 없는 파탄으로 치닫기도 해서 가정을 잃기도 한다. 미국의 여성지 〈매콜〉에 소개되었던 부부생활 아이디어를 참고하기 바란다.

1. 우선 배우자의 좋은 점을 강조해 줄 것.
2. 배우자의 결점을 건드리지 말 것.
3. 결혼하기 이전의 일을 들추어서 비교하지 말 것.
4. 밖에서 불쾌한 일을 당했다고 집에 돌아와 화풀이하지 말 것.
5. 자기가 원하는 것이 무엇인지 상대에게 적극적으로 알릴 것.
6. 자기가 원치 않는 것이 무엇인지 분명하게 알려줄 것.
7. 부부간에 문제가 있으면, 그 원인을 확실히 밝힐 것.
8. 사소한 일로 다투지 말 것.

9. 정기적으로 대화시간을 갖도록 억지로라도 노력할 것.

10. 그래도 해결되지 않을 때는 다른 사람과 상의해서라도 해결책을 찾을 것.

악처열전

링컨의 부인은 성미가 급하기로 유명했다.

어느 날 일 때문에 찾아온 친구와 링컨이 이야기를 나누고 있을 때 그녀가 불쑥 나타나더니 링컨에게 물었다.

"조금 전에 부탁한 일 어떻게 됐어요?"

"시간이 없어서 아직 못했는데……."

부인은 자기보다 다른 일을 더 소중히 여긴다고 화를 내면서 문을 부서져라 요란스럽게 닫고는 방을 뛰쳐나갔다. 친구가 놀라 명하니 앉아있는 모습을 보던 대통령 링컨은 웃으며 말했다.

"저렇게 감정을 폭발시켜야 아내의 기분이 가라앉기 때문에 그냥 내버려두는 걸세."

시인 밀턴은 눈이 먼 후에도 계속 <실락원>과 <복락원>을 쓴 것으로 유명하다. 눈이 먼 후 재혼한 아내는 아름다웠지만 성질이 난

폭하였다.

어느 날 웰링턴 공작이 '아름다운 부인이십니다. 마치 장미 같습니다.'하며 칭찬을 하자, '나는 빛깔을 알 수 없지만, 장미임은 틀림없습니다. 가시로 매일 찌르니까요.'하고 대답하였다.

소크라테스의 아내 역시 소문난 악처였다.

친구가 '자네같이 식견이 있는 사람이 어떻게 그런 아내를 맞이했나?'하고 묻자, '훌륭한 기수는 명마를 골라 탄다네. 사나운 말을 잘 다룰 줄 알면 그 다음부터는 아무 말이든 문제가 되지 않지.'

강태공은 아내에게 쫓겨났다가 크게 성공한 후 아내가 용서를 빌자 물을 바닥에 쏟아놓고 다시 담아보라며 인정사정없이 복수를 했다고 한다.

악처도 없는 것보다는 낫다는 말은 오히려 남편의 인내심과 포용력을 길러준다는 뜻인지도 모른다.

전문가의 선입견

'엉킨 실을 풀려면 장님에게 맡겨라'라는 말이 있다. 눈을 뜨고 볼 수 있는 사람도 힘든데 앞을 못 보는 장님이 어떻게 엉킨 실타래를 풀 수 있는가라고 의아해할지도 모르겠다. 그러나 그들이 아무런 선입관도 없이 가닥을 더듬어가다 보면 실마리를 찾아 잘 풀 수 있다고 한다.

한 분야에서의 오랜 경험이 고정관념이나 편견을 만들기도 하며, 이러한 편견과 고정관념이 관점의 범위를 저해하는 요소가 되기도 한다.

전문가를 부정적으로 정의할 경우 '전문가는 무슨 일을 하려고 할 때 그 일이 안 되는 이유를 댈 수 있어야 한다.'고 하듯, 그들은 자기가 그 일에 대하여 모든 것을 다 알고 있으며, 그 일에 대해서만큼은 누구도 자기를 따를 자가 없다는 선입견에 얽매인 사람들이다.

대개 학식이 있는 사람들, 과거의 어떤 일에 경험이 있는 사람들은 자신의 과거 경험, 학식으로 울타리부터 친다. 그리하여 그는 항상 그 울타리 안에서만 사고할 뿐 벗어나려는 노력을 하지 않게 되므로 선입관의 지배를 받게 된다.

때문에 일의 성질이 고도의 전문적인 기술이나 지식을 요하지 않는 경우에는 비전문가의 의견에도 귀를 기울여야한다. 왜냐하면 선입관에 구애받지 않고 장님이 엉킨 실타래를 풀 듯 건전한 상식으로 좋은 해결안을 제시해줄 수 있기 때문이다.

'감사합니다.'라는 한 마디

한 바보가 있었다.

일처리 능력이 없어 주위사람들에게 손가락질만 당하고 일하는 곳마다 쫓겨났다.

이를 지켜본 어떤 지체 높은 사람이 이렇게 말했다.

"이보게! 소용이 있고 없고는 따지지 말고 우선 큰 소리로 '감사합니다.'하면서 누구에게든 머리를 숙여보게. 그러면 모두들 즐거워할 걸세. 그렇게 하면 자네 스스로도 빛이 날 것이네. 어서 다시 일터로 가보게."

그는 지시받은 대로 일터에 들어서면서 '감사합니다.'하고 큰 소리로 말했다.

이에 모두들 박장대소하며 비웃었다.

"저 바보가 별 짓을 다 하는군."

하지만 바보는 주위에서 뭐라고 하건 만나는 사람마다 고개를 숙이고 인사를 했다.

저녁때는 퇴근하는 사람 모두에게, 아침에는 출근하는 사람 모두에게 '감사합니다.'라고 인사했다.

그런데 이상한 일이 벌어졌다. 드디어 한 사람, 두 사람 따라 하기 시작하더니, 전염이라도 된 듯 모두가 그의 말을 따라 하기에 이르렀다.

차츰 일터가 밝아지고 손님들도 좋아했다. 어느 날 주인이 부르더니 말했다.

"자네는 우리의 자랑스러운 직원이다. 여기서 '감사합니다.'하고 인사만 하고 다니게. 평생직원으로 채용할 테니."

우유 한 잔의 대가

하워드 켈리라는 의과대학생은 학비에 보태려고 여름방학에 서적 세일즈맨으로 일했다. 어느 시골 마을에 도착했을 때 몹시 목이 말랐다.

어떤 농가 안으로 들어서자 한 소녀가 나타났다.
"물 한 잔만 부탁드릴 수 있을까요?"
"괜찮으시다면 우유를 드릴게요."

그래서 켈리는 시원하고 맛있는 우유로 갈증과 허기를 채울 수 있었다.

그 후 켈리는 학교를 졸업하고 의학박사가 되어 존스홉킨스 대학에 근무하게 되었다.

어느 날 시골에서 온 위독한 환자가 응급실에 실려 왔다. 켈리박사는 그 여인에게 특별한 관심을 쏟아 특실에 전담간호사까지 배치시켰다. 수술도 무사히 끝나고 환자는 급속히 호전되어 갔다.

그러던 어느 날 간호사가 환자에게 말했다.
"내일이면 퇴원할 수 있겠어요."

하지만 환자는 병이 나은 것은 좋지만 병원비가 걱정이었다. 간호사가 가져다준 청구서를 읽어가다가 깜짝 놀라지 않을 수 없었다. 청구서 맨 끝에 이렇게 사인되어 있었기 때문이다.

'우유 한 잔으로 모든 비용은 지불되었음-닥터 하워드 켈리'

자종아내의 충고

초나라 왕이 어릉에 묻혀 살고 있는 초야의 선비 자종에게 큰 벼슬을 주겠다는 전갈을 보냈다.

이에 자종은 비로소 뜻을 이루었노라고 아내에게 말했다.

"임금께서 나에게 정승벼슬을 내리겠다는 소식이 왔소. 그리되면 당장에 큰 수레를 탈 수 있고, 진수성찬도 마련할 수 있을 것이오."

이런 경우 보통의 여자들은 남편의 출세나 그에 따르는 부귀에 쉽게 현혹되는 경우가 대부분이지만 자종의 부인은 생각이 매우 깊었다.

"지금까지 비록 신을 삼아 어려운 생활을 꾸려왔지만 나는 그 가운데서도 행복할 수 있었습니다. 곳간에 쌓여있는 재물은 없지만 책이 있습니다. 거문고가 있어 마음을 즐기실 여유가 있습니다. 큰 수레를 타거나 맛있는 음식을 매일 먹는다 하더라도 죽을 때는 다를 바가 없겠지요. 일신의 호사를 누리고 진수성찬의 대가로 초나라 전체의 근심과 고통을 떠맡으시렵니까? 다 부질없는 일입니다. 명을 재촉하는 일에 불과합니다. 가난을 즐기는 것이 선비의 도가 아닌가 합니다."

자종은 아내의 충고에 잠시 평정심을 잃고 흔들렸던 자신의 마음을 깨닫고 왕의 사신에게 정중히 거절의 의사를 밝혔다.

자종은 노후에도 생업인 신을 삼으며 근심 없이 일생을 마칠 수 있었다고 한다.

주인과 도둑

94

캄캄한 한밤중에 뮬라 나스틴의 집에 도둑이 들었다. 그는 잠을 자는 척하면서 도둑이 하는 짓을 가만히 지켜보았다.

뮬라는 다른 사람이 무슨 일을 하건 절대 간섭하지 않는 것을 생활신조로 삼고 있다. 그러니 그의 잠을 방해하지 않는다면 도둑이 하는 일에 간섭할 이유도 없다고 생각할 정도다.

도둑이 집안의 물건을 떨어뜨려 요란한 소리가 났는데도 뮬라는 모르는 척 잠만 자고 있자, 밤손님은 이상한 생각이 들었고 걱정도 되었다.

'자기 집 물건을 훔쳐 가는데 가만히 있다니, 별 이상한 사람도 다 있군.'

그리고는 황급히 물건을 싸들고 어디론가 바삐 가는데 돌연 누가 따라오고 있다는 느낌이 들었다. 깜짝 놀란 도둑이 뒤돌아보니 바로 뮬라가 아닌가.

도둑이 당황하며 말했다.

"왜 날 따라오는 거요?"

뮬라가 대답했다.

"천만에, 무슨 말을. 난 당신을 따라가고 있는 게 아니라 이사를 하는 중이오, 당신이 내 모든 것을 가져갔으니 이제 그 집은 쓸모 없게 돼버렸소. 어쨌든 나는 가진 것이 하나도 없으니 돌봐줄 누군가가 필요하단 말이오. 그러니 당신은 물건과 함께 나까지 가져가 주시오."

도둑은 겁이 덜컥 났다. 평생 도둑질만 하며 살아온 그도 처음 당하는 일이었다.

도둑은 말했다.

"그렇다면 당신의 물건을 가져가지 않겠소."

그러자 뮬라가 말했다.

"그건 당신 뜻대로 하시오. 하지만 당신은 모든 것을 처음 있던 제자리로 옮겨놓아야 할 것이오. 내 의견에 반대한다면 경찰을 부르겠소. 나는 신사처럼 품위를 지키고 싶소. 나는 당신을 도둑이라 생각하기 싫은 거요. 다만 내 집을 정리해주는 고용인으로 믿고 싶단 말이오."

낭비

95

물라 나스루딘은 작은 나룻배를 가지고 있는 사공이다. 그는 강을 건너는 사람들을 이쪽에서 건너편 둑으로 실어 나르는 것이 하루 일과이자 생계수단이었다.

언젠가 날씨가 아주 불안정한 어느 날 오후 훌륭한 학자이자 문법박사인 사내가 그의 나룻배를 타고 강을 건너고 있었다.

박사가 나스루딘에게 물었다.

"당신은 코란을 아십니까? 그 경전을 배운 적이 있습니까?"

나스루딘이 대답했다.

"모릅니다. 지금껏 한 번도 그런 것을 배워보지 못했습니다."

그러자 학자가 말했다.

"그렇다면 당신은 반평생을 허비하였습니다."

그때 돌연 폭풍이 일었다. 그리고 작은 배는 거센 바람에 밀려 강 하류로 떠내려갔다. 어느 순간에 가라앉을지 모를 위기에 놓였다.

나스루딘이 물었다.

"박사 선생, 헤엄칠 줄 아시오?"

그 학자는 매우 두려운 나머지 땀까지 흘리며 더듬거리듯 말했다.

"아니오. 전혀 모릅니다."

나스루딘이 말했다.

"그렇다면 당신은 전 생애를 허비한 것이오."

인간의 결점 여섯 가지

96

우리 인간은 다음과 같은 여섯 가지 결점 때문에 성공의 길에 쉽게 들어서지 못한다. 여섯 가지란 오만함, 기피함, 나약함, 불안감, 안일함, 안하무인의 품성이다. 이것들만 잘 극복하면 세상살이가 훨씬 당당하고 성공의 문도 힘차게 두드릴 수 있을 것이다.

1. 자기의 이익을 위해 타인의 희생을 강요하는 오만함
2. 어떤 일은 도저히 성취할 수 없다고 기피함
3. 사소한 애착으로 기호를 끊어버리지 못하는 나약함
4. 변화나 수정이 필요한 일에 걱정만 하는 불안감
5. 마음의 수양이나 자기 계발을 게을리 하는 안일함
6. 자기의 의견이나 행동이 옳다고 내세우는 안하무인의 품성

chapter 8
마음

♣ **염려징철 견심지진체** 念慮澄澈 見心之眞體 : 생각하는 바가 맑으면 마음의 참모습을 볼 수 있다. —— 채근담

나를 위한 십계명

사회적 동물인 인간은 사회생활을 위해 여러 원칙과 규칙을 지켜야 하지만, '자신' 즉, '나'가 존재하지 않으면 아무 의미가 없다. 즉, 근본인 자기 자신을 위한 계명이다.

1. 나 자신을 가장 소중하게 생각한다.

2. 나 자신의 시간을 즐긴다.

3. 나 자신을 다른 사람과 비교하지 않는다.

4. 나 자신의 일에 책임을 진다.

5. 나 자신의 실수를 용서한다.

6. 나 자신을 위한 반성의 시간을 갖는다.

7. 나 자신을 칭찬하고 좋은 점만 의식한다.

8. 나 자신의 선상을 스스로 돌본다.

9. 나 자신은 반드시 행복해진다고 믿는다.

10. 나 자신이 바라는 인생을 힘차게 살아간다.

한 사람의 의미

무슨 일에 있어서나 자신을 기준으로 생각하고 행동하는 경우가 대부분이다. 세계평화나 인류평등을 부르짖는 사람도 그 출발점은 자기 자신이다.

때로는 혼자 살아야겠다고 세상을 도피해보지만, 결국엔 현실로 되돌아와 대중 속에 묻혀 다시 뿌리를 내리는 고단한 삶이란 작업을 수행해야 한다.

삶의 바다에서 표류하던 로빈슨 크루소처럼 나 혼자만 절망이란 섬에 갇혀있다면 단 며칠도 보내기 힘들 것이다. 이렇듯 인간의 생활은 알게 모르게 서로 도움을 주고받으며 생활의 터전을 가꾸고 있다.

링컨은 한 사람의 의미를 이렇게 말했다.

"진정으로 내가 바라는 목표가 있다면, 내가 존재함으로써 이 세상이 더 좋아졌다는 사실을 깨닫는 일이다."

낙이망우樂以忘憂

세상에서 가장 으뜸가는 진인眞人의 모습은 용모가 쓸쓸하고 이마가 넓다고 한다. 이 표현은 어떤 뜻인지 잘 모르겠다. 그러나 장자가 생각하는 진인의 모습은 이러하다.

"옛 진인들은 잠을 자되 꿈을 꾸지 않으며 잠에서 깨어나도 근심 걱정이 없다."

잠을 잘 때 우리는 여러 악몽에 시달린다. 이런 꿈을 전혀 꾸지 않는다면 깨어날 때도 틀림없이 개운한 기분으로 일어날 수 있을 것이다.

그래서 공자도 '낙이망우樂以忘憂'라고 하여 즐거우면 근심을 잊는다고 했나보다. 공자 역시 진인에게는 근심걱정이 적다는 걸 말하고 있다. 그리고 또 장자는 진인이란 항상 시류의 흐름이나 자연의 운행運行에 따르는 자라고 했으며, 그 점이 보통사람과 가장 많이 다르다고 주장하고 있다.

마음을 다스리는 낱말 10가지

절제 : 심신이 둔해질 정도로 음식에 탐닉하지 않는다.

침묵 : 무익한 일에 대해서는 말하지 않는다.

규율 : 물건은 자리를 정해 보관하고 시간을 정한 다음 일한다.

결단 : 꼭 해야 할 일이 있다면 결심하고, 결심했다면 반드시 실행
에 옮긴다.

검약 : 쓸 데 없는 일에는 돈을 쓰지 않는다.

근면 : 항상 유익한 일을 하고 불필요한 일은 삼간다.

성실 : 부정한 마음을 버리고 공정하게 생각하고 항상 언행을 바르
게 한다.

중용 : 쉽게 격분하지 말고 상대의 마음을 읽는다.

청결 : 신체, 의복, 주거생활을 청결히 하기를 힘쓴다.

순결 : 정신적으로는 평온을 유지하고 육체적으로는 불결함을 멀리
한다.

마음속에

마음속에 불만이 없으면 몸이 편하다.

마음속에 자만이 있으면 존경심을 잃는다.

마음속에 욕심이 없으면 의리를 행한다.

마음속에 노여움이 없으면 말씨도 부드러워진다.

마음속에 용기가 있으면 뉘우침이 없다.

마음속에 인내심이 있으면 일을 성취한다.

마음속에 탐욕이 없으면 아부하지 않는다.

마음속에 잘못이 없으면 두려움이 없다.

마음속에 흐림이 없으면 항상 안정을 가질 수 있다.

마음속에 교만이 없으면 남을 공경한다.

마음 비우기

갈대밭에 바람이 불면 갈대 잎이 수런수런 소리를 낸다. 그 바람이 지나가면 언제 그랬냐는 듯 조용하다. 소리가 남지 않는 탓이다.

기러기가 고요한 호수 위를 날면 그림자가 물 위에 비친다. 그러다 기러기가 지나가고 나면 그림자는 남지 않는다.

눈앞에 일이 생기면 마음이 움직이는데, 일이 끝나고 나면 과연, 우리의 마음은 비워질까? 이렇게 마음을 비울 수만 있다면 건강한 육체에 밝은 정신이 깃들 것이다.

마음으로 빌면

'마음으로 빌면 꽃이 핀다.'
괴로울 때
어머니는 언제나 말씀하셨다.
이 말을
나는 언제부터인가
외우게 되었다.
그리고 그때마다
나의 꽃이 이상하게도
하나하나 피어있었다.

사카무라 신민의 직품으로 일본 삭지는 물론 해외에까지 시비가
세워졌는데 무려 3백 기塞가 넘는다고 한다. 진실하고 겸허한 마음
으로 빌면 원하는 것이 꽃으로 피어난다는 시다.

6연六然

인생살이의 여러 국면에서 지켜야 할 마음가짐을 '6연六然'이란 말로 다음과 같이 요약할 수 있다.

자처초연自處超然 : 자기 자신에 대하여 초연하며 속세의 일에 구애받지 않는다.

처인애연處人藹然 : 남과 사귐에 있어 상대를 즐겁게 하고 기분 좋게 한다.

유사참연有事斬然 : 무슨 일이 있을 때는 꾸물대지 않고 명쾌하게 처리한다.

무사징연無事澄然 : 아무 일이 없을 때는 물처럼 맑은 마음을 갖는다.

득의담연得意擔然 : 일이 잘 진행되는 때일수록 조용하고 안정된
자세를 잃지 않는다.

실의태연失意泰然 : 실의에 빠졌을 때일수록 태연자약한 모습을 유
지한다.

6연六然

자처초연自處超然   처인애연處人藹然
유사참연有事斬然   무사징연無事澄然
득의담연得意擔然   실의태연失意泰然

▲ 아사달 일러스트

공경할만한 사람

이 세상에는 섬기고 공경할만한 향기를 가진 사람이 여럿 있다. 다음에 열거하는 사람들이 바로 그런 이들이다. 이들을 살펴 찾고 본받아야 한다.

첫째, 사랑하는 마음을 가진 사람

둘째, 연민하는 마음을 가진 사람

셋째, 남을 기쁘게 하는 마음을 가진 사람

넷째, 남을 보호하고 감싸는 마음을 가진 사람

다섯째, 집착하지 않고 마음을 비운 사람

여섯째, 부질없는 생각을 하지 않는 사람

일곱째, 바라는 것이 없는 사람

여덟째, 영혼의 순결을 지키려는 사람

사람의 마음은

사람의 마음은 불꽃과도 같아 인연에 닿으면 타오른다.

사람의 마음은 번개와도 같아 잠시도 머무르지 않고 순간에 소멸한다.

사람의 마음은 허공과도 같아 뜻밖의 연기로 더럽혀진다.

사람의 마음은 원숭이와 같아 잠시도 그대로 있지 못하고 계속 움직인다.

사람의 마음은 그림을 그리는 붓과 같아 온갖 모양을 그려낸다.

화이부동和而不同

107

　남과 잘 사귀는 사람이 있다. 사교성이 있는 사람이다. '인간은 사교적 동물'이라고 한 세네카의 말을 빌리지 않더라도 사교적이건 비사교적이건 인간은 어떤 형태로든 사귐을 통해서 사회의 한 구성원으로서 생활을 영위한다.

　비사교적인 사람은 사람만나기를 싫어해서 본의 아니게 손해를 입는 일도 있다. 물론 사교적인 사람이라고 해서 항상 환영받는 것은 아니다. 주책없이 아무데나 끼어든다는 평을 듣는 사람은 어울리면서도 환영받지 못한다.

　논어에 '군자는 화이부동和而不同하고, 소인은 동이불화同而不和한다.'는 말이 있다. '군자는 어울리되 동화되지 않고, 소인은 동화되면서 화합하지 않는다.'는 뜻이다.

　군자는 진실 되게 화합은 할지언정 부화뇌동附和雷同하지 않는 사람이고, 소인은 부화뇌동하면서도 불화를 일삼는 사람을 말한다.

부화뇌동이란 주체성 없이 남의 일에 휩쓸리는 것이므로 주체성을 잃지 않으면서도 조화를 이루는 것이 군자이고, 주체성 없이 휩쓸려 다니면서도 조화를 이루지 못하는 것이 소인이다.

이렇듯 군자의 모습은 잘 어울리면서도 개성을 잃지 않는 마음가짐을 가진 사람이다.

故事成語

군자화이부동, 소인동이불화

君子和而不同, 小人同而不和

풀이 군자는 화합하나 부화뇌동하지 아니하고,
소인은 부화뇌동하나 화합하지 아니한다.

和 화합할 화 而 조사 이 不 아니 불 同 같을 동

同 같을 동 而 조사 이 不 아니 불 和 화합할 화

천국과 지옥

108

눈코 뜰 새 없이 바쁜 사람이 있었다.

회답을 하지 못한 편지가 산더미처럼 쌓여있고, 약속은 밀려있고, 처리해야 할 일이 너무 많았다. 잔디 깎을 시간이 없어서 정원이 덤불처럼 엉켜있어 아무 일없이 빈둥빈둥 노는 사람이 부러울 정도였다.

그 사람이 어느 날, 잠깐 눈을 붙인 사이 꿈을 꾸었는데, 자신이 아주 멋진 사무실에 앉아있었다. 서류 한 장 없는 깨끗한 책상에 처리할 일도 없었다.

창밖을 보니 이미 잔디는 깨끗이 손질되어 있고, 주위는 고요하고 아늑한 맛이 천국 같았다.

'아, 이것이 바로 행복이구나!' 하는 감동에 사로잡혀 있을 때 갑자기 '내가 뭘 하고 있지?' 하는 생각이 들었다.

그때 매일 오던 우편배달부가 오늘은 들르지도 않고 그냥 지나가는 모습이 보였다.

그러자 그는 우편배달부를 불러 물어보았다.

"여기가 대체 어디지요?"

"그것도 아직 모르셨습니까? 여기가 바로 지옥입니다."

강태공의 낚시론

강태공 여상의 병법서 〈6도六韜〉를 보면 첫머리에 문왕과 강태공이 만나는 장면이 나온다.

문왕이 강태공에 말했다.

"낚시하는 것이 즐거워 보입니다."

"군자는 자기의 이상이 실현되는 것을 기뻐하고 소인은 눈앞의 일이 이루어지는 것을 기뻐하지요. 소신이 지금 낚시질을 하는 것도 그러한 일과 흡사합니다."

그래서 문왕이 무엇이 흡사하냐고 물었다.

"낚시에는 세 가지 방법이 있습니다. 물고기를 불러 모으는 법은 임금이 봉급으로 인재를 부리는 것과 같고, 고기가 따라와 잡히게 하는 법은 임금이 신하로 하여금 목숨을 바치게 하는 것과 같고, 물고기의 크기에 따라 미끼를 조절하는 법은 임금이 인물에 따라서 벼슬의 정도를 정하는 것과 같습니다."

그리하여 물고기 낚는 법과 사람의 마음을 사로잡는 법에 대해 비교하면서 설명하자, 임금의 스승으로 발탁되었고 천하통일의 대업까지 이룬다. 강태공은 문왕이라는 대어大魚를 낚았고, 문왕은 강태공이라는 대어를 낚은 셈이다.

▲ 위수강가 반계에서 낚시질 하고 있는 강태공

생각의 차이

노벨상을 받은 인도의 시인 타고르가 어느 날 배를 타고 갠지스 강을 건널 때였다.

바람 한 점 없이 고요한 수면, 새소리조차 들리지 않는 정지된 듯한 풍경이 삼라만상을 잠재운 듯하였다. 해는 서쪽하늘에 기울고 아름다운 하늘빛이 강물 위에 아스라이 잠겨있었다.

그때 돌연 물고기 한 마리가 펄쩍 뛰어 고요를 깨며 배를 가로질러 강 저편으로 사라졌다. 그러자 석양빛을 담은 강물에 황금파문이 퍼졌다.

타고르는 감탄하며 중얼거렸다.
"아, 이것이 자연이로구나!"

고요한 가운데 미묘한 움직임의 아름다움에 매료되었던 것이다.

그런데 그 때 뱃사람이 한마디 했다.

"아깝군. 물고기가 배 안에 떨어졌더라면 좋았을 텐데."

▲ 라빈드라나트 타고르(1861. 5. 7 ~ 1941. 8. 7)

우리를 슬프게 하는 것들

　타향에서 사는 사람들의 마음속에는 두고 온 고향과 어린 시절의 집과 작은 뜰이 항상 자리 잡고 있어서 삶이 고통스러운 만큼 자유스러운 시간을 보냈던 순간을 떠올린다.

　그래서 소년시절을 보냈던 숲과 개울에서 치던 물장구, 자주 말썽을 일으키며 장난질 치던 어둑한 방과 진지한 표정을 짓는 늙으신 부모님의 모습이 사랑과 근심, 약간 꾸중하는 빛을 띠며 나타나기도 한다.

　손을 뻗어 그 영상을 잡으려하지만 헛된 일이다. 그러면 걷잡을 수 없는 슬픔과 고독이 엄습해오고 그 위에 큰 형상들이 어둠처럼 덮쳐온다.

　자기만의 고독한 시간은 우리를 슬프게 한다. 지난 젊은 시절 가장 가까운 사람을 고통 속으로 몰아넣고, 사랑을 이유 없이 거절하고, 호의를 한 번쯤 무시해 보지 않은 사람이 누가 있단 말인가.

자신을 위해 마련된 행복에 대해 이유 없는 반항과 오만으로 젊음의 한 때를 잃어버리지 않은 사람이 그 누구란 말인가. 자신의 경외심을 스스로 손상시켜 보지 않은 사람이 누가 있단 말인가?

이들 모두가 이제 당신 앞에 나타나 한마디 말도 하지 않고 조용한 눈길로 바라볼 뿐이다.

두 마음

위대한 사람은 두 마음을 지니고 있다.
하나는 고통으로 아파하는 마음이고
다른 하나는 그것을 인내하는 마음이다.

chapter 9
자기계발

♣ 우리가 가장 먼저 할 일은 자기의 발견이다. 나는 무엇을 할 수 있을 것인가 그 방향을 발견하는 것이 중요하다. ── 채근담

취업 5계

113

취업준비생들에게 취업은 낙타가 바늘구멍에 들어가기보다 어렵다. 한편 기업들의 경력위주, 수시채용은 미취업자들을 더욱 곤혹스럽게 만든다. 여기 취업준비생들을 위한 '취업5계'를 소개한다.

1. 아르바이트를 하라. : 취업희망분야와 관련 있는 아르바이트나 인턴 제를 적극적으로 활용하라.

2. 전문지식을 쌓아라. : 희망업종이나 기업에 대한 정보를 관련 전문지 등을 통해 얻고, 면접 때 활용하라.

3. 능동적 자세로 면접에 임하라. : 예의를 지키며 절제된 가운데 면접관에게 질문을 던질 수 있다는 역발상도 해보자.

4. 취업강좌를 수강하라. : 취업을 준비하는 졸업예정자라면 학교에서 마련한 각종 특강을 수강하라.

5. 인적 네트워크를 구축하라. : 채용박람회와 취업설명회는 인적 네트워크를 만들기에 최적이므로 빠짐없이 참가하라.

카네기의 밝은 성격

어떤 사람이 아들을 업고 언덕길을 오르고 있었다.

"너도 꽤나 무거워졌구나."
하고 아버지가 숨찬 소리로 말하자

"아버지, 인내와 노력이 인간을 만드는 거예요. 조금만 참으세요."

어린 주제에 가당치도 않은 '명언'을 말하는 아들이었다. 이에 아버지는 너털웃음을 웃고 끝까지 업고 갔다고 한다. 그 똑똑한 꼬마의 이름은 앤드로 카네기였다.

강철 왕으로 성공한 뒤에도 카네기가 항상 인용하는 격언 중 하나는 다음과 같은 것이었다.

"밝은 성격은 어떤 재산보다 귀중한 가치가 있다. 성격은 가꿀 수 있는 것으로 인간의 마음도 몸과 마찬가지로 그늘에서 햇빛이 비치는 곳으로 옮겨가지 않으면 안 된다는 점을 항상 기억해두어야 한다. 곤란한 경우를 당해도 가능한 한 웃어넘겨야 한다. 조금이라도 생각할 줄 아는 인간이라면 누구나 그렇게 할 수 있다."

▲ 앤드로 카네기(1835. 11. 25 ~ 1919. 8. 11)

마음→태도→습관→인격→인생

115

성적이 좀처럼 오르지 않는 학생이 있었다. 마음을 가다듬고 공부에 집중하려 했지만, 잡념이 생기고 쉬 졸음이 와서 모처럼의 각오도 깨져버리고 결심한 뜻을 제대로 이루지 못한다는 자책감 때문에 성격마저 우울해지는 고통이 뒤따랐다.

그 학생은 막연한 각오가 아니라 자기의 결점이 무엇인지, 무엇부터 고쳐야할까 생각해보기에 이르렀다. 그러다 문득 깨달은 바는, 우선 엎드려서 공부하던 습관을 버려야 한다는 것이었다. 그 후부터는 반드시 책상에 앉아서 '자, 하자!'하는 기합을 넣고 나서 시작하기로 마음먹었단다.

건전한 사람이라면 누구나 나쁜 습관을 버리고 자기 성장을 위해 뭔가를 하려고 노력하는데 이것이 이성이란 본능이다.

스위스의 문학가이며 철학자인 아미엘이 남긴 <일기>를 보면 다음과 같은 유명한 말이 나온다.

마음이 변하면 태도가 변한다.
태도가 변하면 습관이 변한다.
습관이 변하면 인격이 변한다.
인격이 변하면 인생이 변한다.

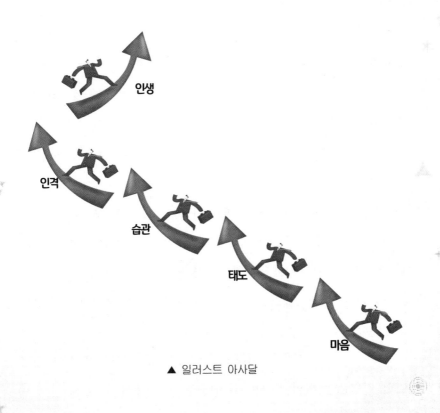

▲ 일러스트 아사달

바람직한 직업의식

진정한 직업인이 되려면 우선 스스로가 타인에게 바람직한 삶이 되도록 노력해야 한다. 회사 측에서는 그 회사를 믿고, 제품이나 서비스를 믿고 함께 일하는 동료들이 서로 신뢰하는 인물이 되기를 바라고 있다. 근무시간만 적당히 채우면 된다는 책임감 없는 인물이 아니라 몇 시간이 걸려도 맡은 업무를 마무리하는 적극적인 직원을 요구한다.

또한 회사는 지시나 조언이 없으면 아무것도 할 수 없는 피동적인 인물이 아니라 독립된 활동을 할 수 있는 인물을 원한다. 이러한 인물은 늘 자신감에 차 있고 매사에 헌신적이다. 그 중에서 가장 바람직한 것은 업무수행에 확고부동한 사고방식을 지니고 있는 인물이다.

요즘은 근무시간만큼만 일하고 급료 받기를 원하는 사람이 많다. 이런 직원은 회사의 부채이며 사내에서의 불평불만, 동료 간의 마찰이나 트러블을 일삼는 암과 같은 존재이다.

  기업은 생물과 같은 공동체로서 이익과 성장이 뒤따르지 않으면 존립할 수 없다는 직업의식을 갖고 충실하게 공동목표를 이룩해야 한다.

▲ 일러스트 아사달

부하의 할 일

117

직장에 변화의 바람이 불면서 '부하'와 '상사'의 관계가 바뀌고 있다. 그러므로 부하에게는 직장상사를 뛰어넘는 지혜가 요구되는 게 현실이다.

첫째, 자기분야의 전문가가 되어야 한다.

자신의 부가가치를 높여야 윗사람으로부터 신임을 받을 수 있다. 이를 위해서는 자신에 대한 투자를 게을리 해서는 안 된다. 업무에 대한 정보나 실력이 뛰어나면 좋든 싫든 상사는 부하에게 의지할 수밖에 없다.

둘째, 한 단계 위에서 생각한다.

직급에 맞게 생각하고 지시 받은 사항만 처리하고 보고한다는 생각은 버려야 한다. 자신의 직급이 대리라면 과장의 눈높이와 사고방식을 가지고 접근해야 한다.

셋째, 업무 이외의 분야에 대해서도 관심을 갖는다. 다양한 분야에 호기심을 가지면 자신의 경력을 넓히는데 도움이 되어 업무와 연결시킬 수 있다.

넷째, 최신 정보를 수집한다.

가장 빠르고 정확한 정보를 접하는 사람이 부서 내에서 영향력을 발휘하므로 업무에 관한 정보를 항상 수집하고 컴퓨터 폴더를 이용해 정리해둔다.

다섯째, 각 부서의 상사에게서 배울 점을 놓치지 않는다. 다른 분야의 상사가 가지고 있는 장점까지 파악해둔다. 한편 상사의 위치에서 삼가야할 행동이나 말들을 기록해두는 것도 한 가지 방법이다.

장수의 그릇

제갈공명은 장수의 그릇을 다음의 여섯 가지로 분류하였다.

1. **십인지장**十人之獎 : 배반할 사람을 가려내고, 위기를 예견할 줄 알고, 부하를 잘 통솔하면 '열 명의 리더'가 될 수 있고,

2. **백인지장**白人之獎 : 아침부터 밤까지 일하고, 언변이 신중하고 능하면 '백 명의 리더'가 될 수 있고,

3. **천인지장**千人之獎 : 부정을 싫어하고, 사려가 깊으며, 용감하고 전투의욕이 왕성하면 '천 명의 리더'가 될 수 있고,

4. **만인지장**萬人之獎 : 겉으로 위엄이 넘치고, 안으로는 불타는 투지가 있으며, 부하의 노고를 동정하는 마음씨가 있다면 '만 명의

리더'가 될 수 있고,

5. **십만지장**十萬之獎 : 유능한 인재를 등용함은 물론 자신이 매일 매일 수양에 힘쓰며, 신의가 두텁고, 관용할 줄 알며, 항상 동요함이 없으면 십만 명의 리더'가 될 수 있고,

6. **천하만민지장**天下萬民之獎 : 부하를 사랑하고, 경쟁자에게도 존경 받고, 지식이 풍부하여 모든 부하가 따른다면 '천하 만민의 리더'가 될 수 있다고 했다.

◀ 천하만민지장 이 순신 영정

부자가 되려면

부자가 되려면 우선 돈에 대한 욕심을 버리고 돈이 나를 사랑하도록 만들어야 한다. 그러려면 적어도 다음의 10가지 항목은 지켜야 한다.

1. 마음의 그릇을 키운다.

   그래야만 많은 것을 담을 수 있다.

2. 어떤 일이든지 정성을 다한다.

   그러면 하늘도 감동한다.

3. 한 시간 일찍 일어난다.

   부지런함이 성공의 절반은 만든다.

4. 10% 더 일한다.

   100% 수확이 기다린다.

5. 작은 수입에도 감사한다.

작은 미끼가 대어를 낚는다.

6. 가난을 탓해서는 안 된다.

   부자가 될 이유만 찾는다.

7. 돈의 마음을 읽어라.

   그러면 세상의 돈이 나를 따른다.

8. 돈에 끌려 다녀서는 안 된다.

   돈을 끌고 다녀야 한다.

9. 돈을 만나려면 일을 사랑해야 한다.

   돈은 일을 즐기는 사람을 사랑한다.

10. 돈에도 영혼이 깃들어있다.

    경건한 마음으로 돈을 대해야 한다.

두려움에서 벗어나라

두려움은 한마디로 악마의 선물이다. 인간을 고통 속에서 더 좌절하게 만들고 절망의 고통을 가져다준다.

성경에도 '두려움'이란 단어가 365회나 나온다. 살인이나 도적질 하지 말라는 말보다 더 많다. 두려움이야말로 인간이 하루 한 순간도 피할 수 없는 생명의 어두운 그림자이다. 그러므로 두려움의 끝은 패배와 절망이다.

그러나 삶의 목표가 분명한 사람은 어떠한 역경에 놓이더라도 두려움에 떨고만 있지 않는다. 그럴 여유가 없기 때문이다. 다만 어떻게 극복할 것인가에 전심전력할 뿐이다. 고통과 핍박이 없으면 기쁨을 맛볼 수 없다.

두려움은 성공과 신화창조의 장애물이다. 그러므로 두려움에서 벗어나려면 우선 그 대상이 무엇인지 정확하게 알아야한다.

도대체 무엇 때문에 두려워하는가? 원인을 알면 대책을 세울 수 있다. 세상의 모든 문제는 해답이 있기 마련이다. 성공하려면 두려움에서 벗어나라. 두려움을 기회로 삼는 지혜를 키우자.

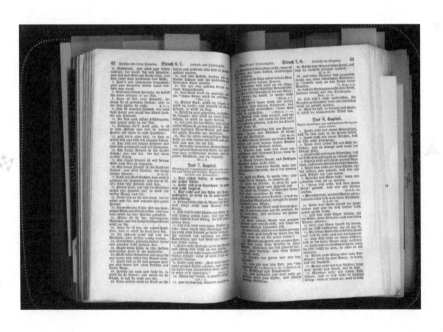

▲ 영어 성경

표정

121

　우리는 타고난 용모 때문에 득을 보는 경우가 있는가하면, 본의 아니게 손해 보는 일도 있다.

　미국 레이건대통령의 연설문처럼 자기 얼굴에 책임을 질 줄 아는 사람이라면 용모는 물론 분위기나 인품에까지 자신감을 나타낸다. 아무리 미남미녀라 할지라도 항상 찡그린 인색한 얼굴이라면 어두운 표정에 마음도 가난하고 비관적인 풍모를 보인다.

　학자들의 연구에 의하면 얼굴표정을 바꾸면 실제로 감정까지도 바뀐다고 한다. 기쁨이나 슬픔, 분노 등 희로애락의 감정이 일어날 때 표정의 변화를 엿볼 수 있는데, 표정을 반대로 바꾸면 감정의 흐름이 변한다는 것이다.

　슬플 때 얼굴에 웃음을 띠우면 슬픔이 경감되고, 유쾌하게 웃으면 실제로 즐거운 기분이 된다.

　웃음을 치료요법으로 활용하여 병을 고친 실제 예를 언론매체에서 소개하기도 하였다. 웃음은 마음뿐만 아니라 신체적 변화에도 많은 영향을 미친다. 낙관적인 기분과 활발한 신진대사를 유발하는 웃음이 자연치유력을 강화하는 것이다.

명상 철학자 파스칼은 말한다.

'마음을 평화롭게 하여라. 그러면 당신의 표정도 평화롭고 따뜻해질 것이다.'

▲ 로널드 레이건(1911. 2. 6 ~ 2004. 6. 5)

형설지공螢雪之功

어느 날 손강孫康이 차윤車胤을 찾아갔더니 하인이 출타중이라고
아뢰었다.

"어디를 가셨는지 아느냐?"
"반딧불을 잡으러 가셨습니다."

며칠 후 차윤이 답례로 손강의 집을 방문하였다. 그때 손강은 멍
하니 하늘을 올려다보고 있었다.

"대감, 지금쯤 독서삼매에 빠져계실 줄 알았더니 무엇을 그리 쳐
다보십니까?"
"날씨를 가늠해보는 중입니다."
"날씨는 왜요?"

"눈이 언제쯤 올까 해서요."

위의 글은 '형설의 공'이라는 고사로 유명한 손강과 차윤의 이야기다. 가난한 두 사람은 반딧불 빛으로 공부를 하고(차윤), 쌓인 눈빛으로 공부를 해서(손강) 훗날 높은 벼슬에 올랐다고 한다.

故事成語

형설지공

螢雪之功

풀이 반딧불과 눈빛으로 글을 읽어 이룬 공.
가난으로 고생하면서 공부하여 얻은 보람

螢 반딧불 형 雪 눈 설

之 어조사 지 功 공 공

섣달 그믐날의 각오

　연말연시가 되면 막연히 '새해에는 더 좋은 일이 있겠지'하는 기대감을 갖는다. 하지만 에리히 케스너의 〈인생처방시집〉에 나오는 '섣달 그믐날을 위한 격언'이란 시를 보면, 우리의 삶을 세월에 맡겨서는 안 된다고 경고한다.

병든 말 같은 세월에 꿈을 맡겨서는 안 된다.
세월에 너무 무거운 짐을 지게 하면
끝내는 녹초가 되어버린다.

계획이 화려하게 꽃필 때일수록
곤란한 일에 몰린다.
그럴수록 인간은 노력하려고 결심한다.
하지만 끝내는 진퇴유곡에 빠진다.

수치심 때문에 발버둥 쳐도 도움이 되지 않는다.
이것저것에 손을 대어도
전혀 도움은 되지 않고 손해만 볼 뿐

세월에 맡긴 남루한 꿈을 버리고
마음가짐을 새로이 할 일이다.

박의 천성

　가을이 되면 초가지붕의 박이 익어간다. 처음에는 밤알만 하다가 점점 커져서 마침내는 보름달을 닮은 모습이 된다. 밤마다 보름달을 보며 자란 탓일까? 박은 보름달이 되고 싶었다.

"달님."

"왜 그러니?"

"제가 달님을 닮았지요?"

"그런 것 같구나."

"그런데 왜 나는 빛을 낼 수 없을까요?"

박은 볼멘소리로 물었다.

"아름다운 소녀가 있었단다. 그 소녀는 노래 부르는 사람을 보자 성악가가 되려고 했지. 또 그림을 잘 그리는 사람을 보고는 화가가 되고 싶은 마음이 간절했어. 그러다가 소설 쓰는 작가가 되었단다."

"왜 그랬을까요?"

"그야 사람마다 타고난 천성이 다르니까."

박은 고개를 숙였다. 남의 흉내를 내려고 한 것이 잘못임을 깨달았기 때문이다.

박은 공손히 말했다.

"난 목마른 사람에게 물을 떠주는 바가지가 되겠어요."

▲ 주렁주렁 열린 박

할머니의 가르침

한 작은 시골 마을에 구멍가게를 하며 생활을 꾸려가는 할머니와 소녀가 있었다.

할머니는 불평불만을 하는 사람이 가게 안으로 들어오면 소녀를 불러 낮은 음성으로 속삭였다.

"애야, 저 손님이 하는 이야기를 잘 들어보려무나."

그러고는 손님을 맞이했다.

"어서 오렴, 봉구야. 오늘은 어떻게 지냈니?"

"그냥 그렇죠, 뭐. 재미있는 일이 있어야죠. 날이 너무 더워 완전히 녹초가 되었어요. 이놈의 여름은 언제 끝날는지, 빌어먹을……."

봉구는 짜증 섞인 목소리로 불만을 늘어놓았다. 그러자 할머니는 고개를 가볍게 저으며 소녀를 바라보았다. 봉구가 돌아가자, 뒤를 이어 윗동네 농장주인이 들어와 볼멘소리를 한다.

"이놈의 황소가 오늘따라 왜 이렇게 말을 안 듣는지, 원! 종일 일해 봐야 남는 것도 없고……. 사는 게 지옥이오."

할머니는 고개를 끄덕이며 소녀에게 눈길을 주었다. 불평불만을 늘어놓던 사람들이 모두 돌아가자, 할머니는 말했다.

"너도 동네 사람들이 불평하는 소리를 들었지?"

소녀가 고개를 끄덕이자 할머니는 정색을 하며 말했다.

"애야, 너도 어젯밤에 잠을 잤지, 안 그러냐? 너처럼 저들도 잠을 잤을 게다. 또한 그들 모두는 아침에 틀림없이 깨어날 줄 알았을 게다. 하지만 그렇지 않다는 것을 알아야한다. 왜냐하면 그들 중에는 불행하게도 일어나지 못하는 사람도 있게 마련이지. 잠자리에서 일어나지 못한 사람은 결국 땅에 묻히게 되겠지. 그렇게 죽은 사람들은 조금 전 봉구가 그토록 짜증스러워하던 여름 날씨를 몇 분이라도 더 즐기고 싶었을 것이다. 또 밭갈이가 힘들다고 불평하던 농장주인은 한 번 만이라도 더 땅을 갈고 싶었을 게다. 그러니 자기가 하고 있는 일이 마음에 들지 않는다고 불평을 해서는 안 된다. 정말 불만스럽거나 하기 싫으면 다른 일을 하여라. 그것마저 여의치 않다면 네 생각을 바꿔라. 절대로 불평을 해서는 안 된다. 애야, 명심하여라."

할머니의 가르침으로 소녀는 훗날 극작가이며 프로듀서로 명성을 얻었다.

도전 하느냐, 마느냐

디즈니랜드의 창립자 월트 디즈니는 서커스단 행렬을 따라다니며 함께 행진하기를 좋아한 한 소년의 이야기를 즐겨했다.

어느 날 소년의 마을에 서커스단이 찾아왔는데 트럼본 연주자가 결원이라 한 사람을 채용해야만 했다.

그 때 자원한 사람이 소년이었다. 악대는 소년의 트럼본이 엉뚱한 음을 냈기 때문에 금방 혼란에 빠져버렸다. 밴드마스터가 가만있을 리 없다.

"너는 트럼본을 불지도 못하면서 왜 거짓말을 했지?"

"저는 불 수 있는지 없는지 몰랐습니다. 저는 여태 한 번도 트럼본을 불어본 적이 없으니까요."

자신이 경험한 이야기를 좋아했던 디즈니는 '나는 불가능이란 것을 몰랐다. 나는 뛰어나가서 찬스를 잡고 무엇이든 해보았던 것이다.'라고 말했다.

chapter 10
자기계발 II

♣ 사람에게는 일생동안 많은 기회가 있다. 그것을 볼 줄 아는 눈과 붙잡을 수 있는 의지를 가진 사람이 나타날 때까지 기회는 잠자코 있다.

—— 구울드

나쁜 버릇 고치기

<법구경>에 다음과 같은 구절이 있다.

해야 할 일을 소홀히 하고
해서는 안 될 일을 즐겨 해서
풍류를 즐기고 방탕하게 놀면
나쁜 버릇은 날로 늘어나리라.

건전한 사람이라면 나쁜 습관을 버리고 자기 성장을 위해 무엇인
가를 하려고 노력한다. 그런데 그것이 좀처럼 되지 않는 이유는 우
선 마음의 변화가 일어나지 않은 탓이고, 어느 정도 변화가 있었다
고 해도 행동의 변화를 가져오지 못한 탓이다.

젊음의 다섯 가지 장점

젊을 때는 세월의 흐름이 빠르다는 것을 느끼지 못하다가 나이가 들면서 '이제까지 나는 무엇을 했던가?'하는 회한에 빠지는 사람도 많다.

그래서 '소년은 늙기 쉽고 학문은 이루기 어렵다[소년이로학난성 少年易老學難成 : 논어].'는 말이나 '젊을 때 노력하지 않으면 늙어서 후회와 슬픔을 맛보리라[소년불노력, 노대도상비少年不努力, 老大徒傷 悲 : 고문진보].'는 말을 되새기게 한다.

젊을 때의 노력은 나이 들어서 하는 노력보다 시간적으로 유리할 뿐만 아니라, 젊다는 장점 덕분에 성과도 빨리 나타나는 것이 보통 이다. 업종이나 사업 범위에 따라 다르겠지만 흔히들 성과를 올릴 수 있는 나이는 스물다섯 살에서 마흔 살까지라고 한다.

젊음에는 다음과 같은 장점이 있다.

첫째, 창의력이 풍부하다.

둘째, 건강과 활력이 넘친다.

셋째, 꿈과 야망이 있다.

넷째, 과감한 행동력이 있다.

다섯째, 자기 자신에 집중 투자할 수 있다.

漢字·成語

소년이로학난성

少年易老學難成

풀이 젊은이는 쉽게 늙어버리는데 학문은 이루기 어렵다.

少 젊을 소　　年 해 년　　易 쉬울 이

老 늙을 로　　學 배울 학　　難 어려울 난

成 이룰 성

능력관리

누구나 나름의 능력을 가지고 있다.

문제는 어떤 종류의 능력인가, 어느 정도의 능력인가에 따라 평가
가 달라진다. 새는 나는 재주가 있고, 물고기는 헤엄치는 재주가
있고, 굼벵이는 기는 재주를 가지고 있다.

'독수리는 파리를 잡지 못한다.'는 속담도 있듯 능력의 종류나 수
준은 제각기 다르다. 그러나 가장 중요한 것은 기껏 가진 능력도
갈고 닦지 않으면 퇴화하고 만다는 점이다.

가장 대표적인 예는 날지 못하는 새로, 날개가 퇴화해버려서 땅에
서 살게 된 종種들이다. 그런 새들처럼 되어버린 사람을 우리는 주
위에서 종종 본다.

한 때는 능력이 출중했던 사람이 무능한 사람으로 전락해버리는 이유는 자기능력관리를 소홀히 한 탓이다.

물론 기회를 만나지 못해서 재능을 썩히는 사람도 있다. 그러나 능력관리를 하지 않으면 재능도 퇴화하는 것은 당연하다.

능력관리란 끊임없이 공부하고 적극적으로 대처하고 겸허하게 반성하는 자세를 가리키며 능력은 삶의 귀중한 자산이다.

양생의 도 색嗇

노자는 말한다.

"사람을 다스리고 하늘을 섬기려면 색(嗇·아낌)보다 더한 것은 없다."

사람을 다스리는 정치의 도나 자기의 몸을 기르는 양생養生의 도는 될 수 있는 한 일을 적게 하여 욕심을 부리지 않고 일의 분량, 음식의 분량을 적게 하는 것이 좋음을 지적한다.

앞에서 여러 번 언급했지만, 노자는 좀 지저분한 문자를 쓰는 버릇이 있는데 여기서도 색이라는 말을 쓰고 있다.

이 색은 모든 것을 적게 한다는 뜻인데 <논어>에 나오는 '약約'이라는 말과 같은 뜻이다.

세 가지 유혹

131

 영국의 경험 철학자로 유명한 프랜시스 베이컨은 인간에게는 세 가지 유혹이 있다고 다음과 같이 말했다.

 "거친 육체의 욕망, 제 잘났다고 거들먹거리는 교만, 졸렬하고 불손한 이기심, 이 세 가지가 그것이다. 이로 인하여 모든 불행이 과거부터 미래까지 영원히 인류의 무거운 짐이 되고 있다. 이 세상에 이 세 가지, 육욕과 교만과 이기심이 없었다면 완전한 질서가 지배했을 것이다. 이러한 무서운 병, 누구나 마음속에 지니고 있는 이 유혹의 싹에 대하여 우리가 취해야 할 방법은 무엇일까? 그것은 각자가 닦아야 할 자기수양밖에 없다. 인간의 마음이란 때로는 가장 완전한 상태에 있으며, 또 한편 가장 부패한 상태에 있다. 그러므로 좋은 마음가짐을 지니고 있을 때 그 상태를 유지하면서 악한 유혹을 몰아내야 한다."

기업가의 마음가짐

- 나는 평범한 사람이 되기를 거부한다.
- 나의 능력에 따라 비범한 사람이 되는 것은 나의 권리다.
- 나는 안정보다는 기회를 선택한다.
- 나는 계산된 위험을 단행할 것이고 꿈꾸는 것을 실천하고 건설하며 또 성공하고 실패하기를 원한다.
- 나는 보장된 삶보다는 고통 받는 삶에 대한 도전을 한다.
- 나는 유토피아의 생기 없는 고요함이 아니라, 성취의 전율을 원한다.
- 나는 어떤 권력자 앞에서도 굴복하지 않을 것이며, 어떤 위험에도 굽히지 않을 것이다.

 자랑스럽고 두려움 없이 꿋꿋하게 몸을 세우고 스스로 생각하고 행동하는 것, 창조한 결과를 만끽하는 것, 세상을 향해 이 일을 달성했다는 자부심을 갖는 것, 이것이 '기업가'다.

좋은 습관

'티끌모아 태산'이라는 속담은 재물을 비롯한 물질적인 것뿐 아니라 생활습관에 대해서도 뜻을 담을 수 있는 말이다.

그래서 하루하루의 행동이 쌓이면 좋은 습관이 되고, 좋은 습관은 성공적인 인생을 만드는 토대가 된다. '하루의 행위가 운명을 만든다.'는 말도 있듯 매일 조깅을 해 건강을 유지하는 것도 좋은 예이고, 매일 조금씩 외국어공부를 해서 유창한 회화를 할 수 있게 되는 것도 같은 방법이다. 이처럼 우리의 사회생활에는 작은 듯 보이면서도 조금씩 쌓여서 큰 업적이 되는 경우가 많다. 우리가 하는 아침조회나 직장의 회의시간도, 귀찮다거나 하찮은 일로 생각하는 사람이 있겠지만, 조깅이나 외국어공부 못지않게 하루일과를 뜻있게 시작하는 귀중한 시간이다. 꾸준히 계속해서 반복하면 자신감이 붙고 세상을 살아가는 용기를 얻을 수 있다.

제퍼슨의 규범들

토머스 제퍼슨은 '미국독립선언서'를 작성하여 공포한 후 미국 제 3대 대통령에 오른 역사적 인물이다. 정계에서 은퇴한 후 버지니아 대학을 창립하고, 미국 철학협회 회장을 지낸 철학자로 정치, 사상, 과학에도 남다른 조예가 있었다.

제퍼슨은 교육자로서 사람이 지켜야할 규범을 다음과 같이 제시 하였다.

1. 오늘 할 일을 내일로 미루지 않는다.
2. 자신이 한 일로 다른 사람을 괴롭히지 않는다.
3. 아직 벌지 않은 돈을 미리 예측하고 쓰지 않는다.
4. 싸다는 이유로 불필요한 물건을 사지 않는다.
5. 자존심을 지키는 것은 배고픔이나 목마름, 추위보다 더 고통스 럽다는 것을 알아야 한다.

6. 현재의 생활이 어렵다고 자신의 삶을 후회해서는 안 된다.

7. 즐거운 마음으로 일을 하면 하루가 순조롭다.

8. 일어나지도 않은 일을 미리 걱정하지 않는다.

9. 매사를 편한 마음으로 긍정적으로 생각한다.

10. 화가 나면 말하기 전에 열까지 세어본다. 그래도 화가 계속되면 백까지 세어보도록 한다.

▲ 토머스 제퍼슨(1743. 4. 13 ~ 1826. 7. 4)

자기원인성의 자각

✺ 135 ✺

우리 인간은 장기판의 말을 움직이는 기사 같은 존재와 조종을 당하는 졸卒 같은 존재로 구분해볼 수 있다.

졸 같은 사람은 자발성이나 의욕이 없고 타인의 지시에 따라 움직이는 피동적인 사람을 일컫는다. 원래 인간의 심성은 졸 같은 존재가 아니라, 자신의 의지대로 행동하고 싶어 하고 미래지향적이다.

졸 같은 사람을 능동적, 자발적으로 바꾸려면 자신도 할 수 있다는 확고한 깨달음이 필요하다.

이것을 드샴이라는 심리학자는 '자기원인성의 자각'이라고 지적하고, 다음과 같은 항목이 있다고 한다.

1. 자기가 행동의 주체라는 자각

2. 목표 설정

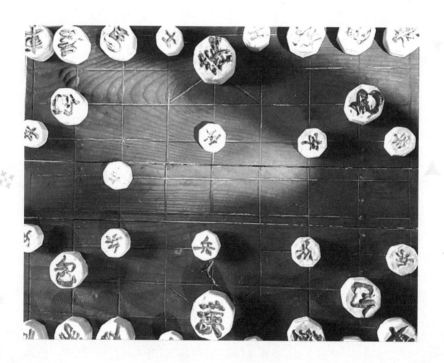

▲ 장기판과 장기판 위의 졸후

고매한 인격

옛날 선비들은 외형상 남루한 옷을 걸치고 있을망정 체통을 세워야한다는 자기관리 의식이 있었고 보통사람과는 달라야 한다는 선민정신을 가지고 있었다.

오늘날의 기준으로 보면 무능한 자로 세상의 일과는 타협할 줄 모르는 융통성 없는 샌님으로 보일 것이다. 그러나 인격의 무게를 더하고 그것을 지키려고 노력한 사람들이었다는 점은 부인할 수 없다.

현대인들이 말하는 고매한 인격이란 옛 사람의 그것과 같을 수는 없겠지만, 몇 가지 공통점은 남아있다.

1. 부정을 멀리한다.

부정한 방법으로 부와 명예, 권력을 탐하지 않는 정신을 소유하고 있다.

2. 염치를 안다.

매사에 조심하고 삼가는 사람은 나약하고 온순하게 보일지라도 고매한 인격의 향기를 느끼게 해준다.

3. 정의와 의리를 중요시한다.

자기중심적, 자기본위로 눈앞의 이익을 좇아 성공은 했으나 인격의 무게를 느낄 수 없다.

4. 흔들리지 않는 가치관을 가지고 있다.

뿌리 깊은 나무와 같은 모습으로 의연함을 잃지 않음이 인격체라고 믿고 있다.

가면속의 얼굴

137

온갖 만행을 일삼은 무자비한 악당이 있었다. 사람들은 그를 두려워했고, 마주치는 것조차 꺼렸다. 그는 지상의 악마나 다름없는 존재였다.

어느 날 그는 아름답고 청순한 한 처녀를 발견했다. 생전처음으로 혼란에 빠져 정신을 잃을 것만 같았다. 거칠고 나쁜 생각으로 가득차 있던 그에게 사랑이 찾아온 것이다. 처녀에 대한 그리움은 그의 마음을 흔들어 놓았다.

그는 처녀에게 온갖 선물을 보내고 사람을 넣어 청혼했다.

그러나 처녀는 그가 너무나 두려웠으므로 단호히 거절했다. 이에 악당은 깊은 시름에 빠져 고민과 불면으로 나날을 보내다가 한 가지 묘안을 떠올렸다.

그는 세상에서 가장 너그럽고 인자한 모습으로 변장하고 다시 처녀에게 정중히 청혼했다. 이런 사실을 까마득히 모르는 처녀는 그와 결혼하였다.

그 후 그는 결혼생활을 하는 내내 자신의 본래의 모습을 감추기 위해 피나는 노력을 하지 않으면 안 되었다. 단 한 순간도 가면을 벗지 않고 이 세상에서 가장 인자한 사람으로 보이려고 매사에 조심하며 인내하는 세월을 살았다. 처녀는 그가 그 유명한 악당이라는 사실을 알아채지 못했다.

그러던 어느 날 악당의 옛 친구가 찾아왔다. 그는 친구의 위선적인 모습과 생활을 보고는 용서할 수 없어 그의 사랑하는 아내 앞에서 그의 실체를 까발리기 위해 가면을 무자비하게 벗겨버렸다.

그런데 이상한 일이 눈앞에 벌어져 있었다.

지난날 악당의 모습은 간 데 없고 실제 그의 얼굴은 가면과 똑같아져 있었다.

기회

138

한 그루의 나무가 자라기 위해서는 적당한 땅과 공기, 햇볕과 수분이 필요하듯 인간이 삶을 영위하는 데도 생존조건이 반드시 갖추어져야 한다.

기회포착에 대한 능력이 부족하면 삶의 길을 잃어버리거나 낙오자로 추락한다. 설사 좋은 기회를 얻었더라도 한순간의 선택이 인생의 모든 것을 결정한다. 이렇게 삶을 통해 얻어지는 성공과 실패는 자신과의 싸움에서 쟁취한 결과이다. 그러므로 삶에는 공식이 없다.

chapter 11
성공

♣ 성공을 하기 위해서는 다른 사람의 방법이 아닌 바로 자기 자신의 방법이 무엇보다도 중요하다는 사실을 항상 마음에 품고 있어야 한다.

—— A. 링컨

승자와 패자

• 승자가 즐겨 쓰는 말은 '다시 한 번 해보자.'이고 패자가 자주 쓰는 말은 '해봐야 별 수 없다.'이다.

• 승자는 용감한 죄인이 되고, 패자는 비겁한 요행을 믿는 기회주의자가 된다.

• 승자는 새벽을 깨우고 패자는 새벽을 기다린다.

• 승자는 일곱 번 쓰러져도 여덟 번 일어나고, 패자는 쓰러지면 일곱 번을 낱낱이 후회한다.

• 승자는 달려가며 계산하고 패자는 출발도 하기 전에 계산부터 한다.

반성

그리스의 철학자이며 수학자였던 피타고라스는 '피타고라스의 정리'를 발견한 것으로 유명하지만 위대한 스승으로서도 이름이 높다.

피타고라스는 제자들에게 매일 밤 그날의 일과를 되돌아보고, 다음 사항들을 체크해보도록 했다.

- 오늘 공부는 과연 성공적으로 끝마쳤는가?
- 더 배울 것은 없었는가?
- 더 잘 할 수는 없었는가?
- 게으름을 피운 일은 없었는가?

이처럼 매일 반성하게 하여 훗날 모두가 훌륭한 인재들이 되었다는 것이다.

<채근담>에도 반성하지 않는 게으름 때문에 자신의 삶을 망치는 일이 많다고 지적하고 있다.

루터는 매일 수염을 깎듯 마음을 다듬지 않으면 자기성장을 이룰 수 없다고 가르치고 있다.

'하루에 세 번 반성하라.'고 하는 일일삼성一日三省이나 '내 몸을 세 번 돌아보라.'고 한 삼성오신三省五身과 같은 옛 성현의 말씀은 자신을 반성하고 개선하는 마음의 자세를 일깨워주어 바른 인생의 길로 인도하고 있다.

성공의 조건

성공하기 위해서는 많은 것을 알아야한다. 그래서 성공한 사람들은 열심히 배우려고 노력한다. 특히 삶의 본질에 대해서, 자신의 잠재력이 어떻게 삶에 공헌할 수 있는가에 대해서, 어떻게 실천할 것인가를 모색해야 한다.

'성실해야 한다.'

이 말은 성공의 절대적인 조건이다. 여기서 성실해야한다는 말은 타인에게보다 자신에게 더 역점을 두어야한다. 성공한 사람은 노력을 아끼지 않는다. 또한 자신의 잠재력에 대해서 성실하게 정상에 도달하기 위한 시간과 노력에 정직하다.

성공한 사람들은 이 세상에 절대적인 존재는 없다는 확신을 가지고 있다. 어떤 상황에 놓이더라도 넓은 시야를 가지고 균형 있는 안목으로 사물을 바라본다. 좋은 방법이 떠오르기 때문이다.

성공한 사람은 주위상황을 정확히 파악하고 판단하며 자신이 할 수 있는 일을 최선의 방법으로 신속히 처리하는 사람이다. 그러기 위해서는 자신의 특성을 깨닫고 인식하는 능력이 중요한 포인트가 된다.

밴듀라의 자기효능감

성공을 거듭한 사람은 더욱 성공하고, 실패를 거듭한 사람은 계속 실패하는 경우가 많다.

성공을 거듭한 사람은 '성공 체험'의 즐거움이 의욕을 북돋운 탓인데, 이를 심리학자 밴듀라(Bandura)는 '자기효능감(self-efficacy)'이라 불렀다.

한편 실패를 거듭하는 사람은 학습성 우울증이 생겨서 쉽게 자포자기하는 상실감에 빠진다고 한다.

자기효능감에는 네 가지 요인이 있다.

1. **자기체험**(enactive attainment)
   직접 체험한 것이 생생하게 자신감을 가져다준다.
2. **대리체험**(vicarious experince)

인생에는 많은 스승이나 선배가 있다. 다른 사람의 성공체험을 연구하거나 모방하여 자기 것으로 만들어 삶의 디딤돌로 삼는다.

3. 대인적 영향

주위사람이 칭찬해 주거나 윗사람이 인정해줄 때 자신감이 붙고 자기효력감이 생겨서 의욕과 적극성이 생긴다.

4. 생리적 변화

승리나 성공의 체험은 엔도르핀의 증가뿐만 아니라 생리적 변화도 가져온다.

실패의 요인인 '학습성 우울증'에서 탈피하여 성공체험을 하는 자신감을 갖도록 노력할 일이다. 이것이 성공으로 이끄는 힘이다.

한 번 더 찍어라

143

속담에 '열 번 찍어 안 넘어가는 나무 없다.'는 말이 있다. 과연 열 번을 찍어본 사람은 몇이나 될까?

미국의 한 기관에서 세일즈맨의 성과를 조사한 보고서가 있어 살펴보았다.

48%는 한 번 방문해보고 나서 판매를 포기했고, 25%는 두 번째에 포기했고, 15%는 세 번째에 단념했다고 한다. 방문횟수가 세 번 이하인 경우를 합치면 88%나 되었다. 나머지 12%의 세일즈맨이 계속해서 방문을 한 결과 전체 목표의 80%를 달성했다는 것이다. 그러니까 나머지 88%는 목표달성에 겨우 20%의 기여를 한 셈이다.

입으로는 '열 번 찍어 안 넘어가는 나무가 어디 있느냐?'고 하면서도 대부분은 두세 번 찍어보고 '이 나무는 열 번 찍어도 안 넘어가는 나무야.'하면서 일찌감치 포기를 하는데 문제가 있음을 말해 주고 있다.

열 번 찍어서 안 되면, 열한 번 찍고, 열한 번 찍어서 안 되면, 열두 번 찍는 사람, 그런 사람을 성공은 기다리고 있다.

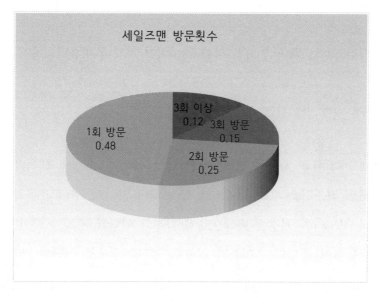

▲ 세일즈맨의 방문횟수 분포도

재벌이 될 자격

미국의 세계적인 재벌 카네기가 어느 날 기자로부터 다음과 같은
질문을 받았다.

"맨주먹으로 재벌이 되기 위해서는 어떤 자격이 필요합니까?"

이에 대해 카네기는 서슴없이 대답했다.

"그 자격이란 가난한 집에서 태어나는 일이다. 세상에 태어날 때
부터 호화스러운 자라면 부호가 될 자격이 없다. 가난에 쪼들려 죽
느냐 사느냐의 지경에 빠짐으로써 가정의 안락과 평화가 깨어지고
식구들마저 뿔뿔이 흩어지지 않으면 안 될 정도로 가난의 쓰라림
을 맛보아야 한다. 그래서 그 원수 같은 가난과 싸워 이길 결심을
해야 한다. 그리하여 그 결심을 관철하지 않으면 죽을 수밖에 없는

처지에 놓여야 비로소 온 힘을 다해 노력하게 된다."

이렇게 말하는 카네기는 어렸을 적의 집안을 회상했다. 그의 집은 말할 수 없이 가난했다. 어린 그는 고생하는 양친을 보며 마음속으로 다짐했다.

"뼈가 가루가 되는 한이 있더라도 힘껏 일해 우리 집에서 가난을 영원히 쫓아버리겠다."

결국 그는 이를 실천해 세계적인 재벌이 되었다.

거미 식과 꿀벌 식

거미는 그물을 쳐놓고 먹이가 걸리면 잡아먹는다. 그래서 길목이 중요하다. 먹이가 걸리지 않으면 다른 곳으로 옮겨서 집을 지어야 한다.

꿀벌은 여러 곳을 돌아다니며 먹이를 모은다. 판매용어로 말하면 거미는 '끌어들이기 식(Pull방식)'이고, 꿀벌은 '밀어붙이기 식(Push 방식)'이라고 할 수 있다.

상품이 특수하거나 입지조건이 좋으면 거미처럼 가만히 앉아서 오는 손님을 기다리면 된다. 그러나 그처럼 행복한 경우가 여의치 않은 것이 인생살이다. 또 손님이 적다고 해서 쉽사리 점포나 업체를 옮길 수도 없다.

꿀벌은 꿀 1리터를 모으려면, 이 꽃에서 저 꽃으로 분주히 먹이를 찾아다니며 약 4천만 번이나 날아다녀야 한다. 그러다가 어떤 때는 거미집에 걸려서 먹이가 되기도 하지만, 꿀벌은 불경기 탓을 하지 않고 꽃을 찾아다니는 것이다.

거미가 소극적이라면 꿀벌은 적극적이라는 데에 큰 차이가 있다. 그러면 우리는 어느 쪽을 택해야 현명한 삶을 살 수 있을까.

▲ 거미와 꿀벌

학력과 실력

사람들은 학력과 실력을 혼동하는 경우가 있다. 그러나 학력과 실력은 엄연히 구분되어야 한다.

학력은 좋지만 실력이 없는 사람이 있는가 하면, 학력은 보잘 것 없지만 실력이 대단한 사람도 있기 때문이다.

학력이 좋은 사람 중에는 그것을 간판으로 내세우면서도 학력만 믿고 실력을 쌓지 않는 사람도 많다.

그와 반대로 학력이 모자라기 때문에 더욱 노력해서 학력이 좋은 사람보다 더 나은 위치에 있는 사람들을 얼마든지 볼 수 있다.

학력은 사람을 평가할 때 참고사항은 될지언정 인간 그 자체는 아니다. 좋은 학교를 졸업했다고 해서 반드시 유능하다고 보기는 어렵다. 사회에서의 활동은 학교와는 관계없는 일이 더 많다.

우리의 인생은 현재와 미래가 더욱 중요하며, 학력이란 과거의 그림자에 불과할 뿐이다.

학력이 좋은 사람은 그 과거의 기록을 부끄럽지 않게 하기 위해
서도 실력을 쌓아야 하고, 학력이 나쁜 사람은 현재와 미래의 명예
를 위해 실력을 발휘해야 한다.

멘토를 정하고 따르라

자신의 삶에 확고한 신념을 가진 사람은 사소한 일로 남과 다투거나 분쟁을 일삼지 않는다.

자신의 인생에 자신감을 가지려면 약한 자, 비열하고 교활한 자를 경쟁상대로 하여 맞서지 않고, 진심으로 존경할 수 있는 인격자를 표본으로 삼고 본받는 것이 중요하다. 존경할 상대(멘토)를 선택하였으면 온 힘을 다해 그와 동등한 위치에 오르려고 노력함은 당연하다. 비록 그와의 경쟁에서 밀리고 지더라도 결과적으로는 자신의 성장에 많은 보탬이 된다.

그러나 약한 자를 경쟁자로 삼으면 큰 힘 들이지 않고 이기기는 하겠지만 성장이라는 변화를 얻을 수는 없다. 대등하거나 한 수 아래의 바둑판에서 무엇을 얻을 수 있겠는가?

언제나 전력을 다해서 일을 성취하는 사람만이 자신감에 넘치는 삶을 살 수 있고 성공이란 열매를 거둘 수 있다.

실패와 패배의 차이

148

우리는 살아가면서 크건 작건 실패라는 아픈 경험을 한다. 학교 시험에 실패한 사람도 있고, 연애에 실패한 사람도 있고, 사업에 실패한 사람도 있다. 그러나 실패는 실패일 뿐 패배가 아니다. 살아가면서 한두 번쯤 실수나 실패를 하지 않는 사람은 없다.

지금은 일류선수가 된 운동선수들도 헤아릴 수 없이 많은 패배의 눈물을 흘리면서 성장하여 스타가 되었고, 재벌이 된 경영자들 중에도 많은 실패를 경험하면서 성공한 사람이 많다. 예술가나 학자, 종교가도 예외는 아니다.

패배하는 사람과 성공하는 사람의 차이는 그 실수나 실패 때문에 주저앉느냐, 그것을 경험으로 삼아 더욱 분발하고 노력하느냐의 차이에 있다. 그러므로 실패는 패배가 아니라 성장하기 위한 시행착오라고 해야 마땅하다.

직장은 인생의 학교

직장이란 '돈을 받으면서' 공부할 수 있는 곳이다. 직장에 다니면서 고시공부나 자격시험 준비를 할 수 있다는 뜻이 아니라, 일을 배울 수 있고, 사람을 만날 수 있고, 뜻을 펼 수 있는 곳이라는 말이다.

'학비를 내고 매를 맞으면서' 다니던 학교와는 달리, 돈을 받으면서 배우는 인생의 학교라는 뜻이다.

처음 취직했을 때는 신입생과 같다. 처음부터 여러 가지를 배우기 시작하다가 경험과 실력이 늘면서 상급반으로 올라간다. 그 동안에 배운 것 하나하나가 일의 실력이 되고 관록이 되고 명예가 된다. 그리고 그에 따라서 보수도 많아진다. 그렇게 계속 상급반으로 올라가다 정년이나 은퇴기가 되면 '빛나는 졸업장'을 받는다.

그러나 공부를 게을리 한 사람은 유급되거나 도태되기도 한다. 자기계발을 게을리 하고 업무지식을 연마하지 않으면 낙오하고 만다.

직장을 인생의 학교라고 생각하는 사람, 무엇이건 배워서 실력을 쌓아가겠다고 생각하는 사람은 계속해서 성장해간다. 공부에 재미를 붙여서 노력하는 학생은 성적이 오르고 일에 재미를 붙여서 노력하는 사람은 업적이 오른다.

인생 자체가 바로 삶의 학교이기 때문이다.

한 삽의 힘

저수지가 없어 농사지을 물은 물론 마실 물조차 마련하기 어려운 마을이 있었다. 마을사람들은 항상 물 걱정을 하면서도 아무 대책 없이 그럭저럭 지낼 뿐이었다.

그러던 중 한 스님이 지형을 살펴보더니 언덕 위 빈터에 삽 한 자루를 가져다 놓고는 옆 나무에 문구를 하나 적어 매달아놓았다.

'지나가는 사람마다 한 삽씩만 땅을 파주시오.'

그다지 어려운 일은 아니었기에 마을사람들은 오가면서 한 삽씩 파주었다.

마을사람들이 들로 일하러 나갈 때마다 한 삽씩 파다보니 땅을 파는 것으로 하루를 시작하게 되었다.

평지가 조금씩 파이기 시작했다. 그러자 비가 오면 빗물이 괴고, 주위로부터 물이 흘러들어 차츰 연못으로 바뀌어갔다. 그로부터 10여년이 흐르자 연못은 커다란 저수지가 되었다.

저수지가 완성되면서 척박하던 땅이 옥토로 변하고 많은 수확을 걷을 수 있게 되었다. 비로소 마을사람들은 시름을 잊었다.
이 모든 것은 한 삽의 힘이었다.

▲ 나무에 매달아 놓은 문구 하나